KB127860

종남마검 편 **만학검전**

FANTASTIC ORIENTAL HEROES

한성수 新무협 판타지 소설

# 만학검전(晩學劍展) 4

초판 1쇄 찍은 날 § 2017년 11월 3일
초판 1쇄 펴낸 날 § 2017년 11월 10일

지은이 § 한성수
펴낸이 § 서경석

총괄팀장 § 최하나
편집 § 김경민 이종식

펴낸곳 § 도서출판 청어람
등록번호 § 제387-1999-000006호
등록일자 § 1999. 5. 31
어람번호 § 제2-2728호

주소 § 경기도 부천시 부일로 483번길 40 서경B/D 3F (우) 14640
전화 § 032-656-4452 팩스 § 032-656-4453
http://www.chungeoram.com
E-mail § chungeorambook@daum.net

ⓒ 한성수, 2017

ISBN 979-11-04-91508-6 04810
ISBN 979-11-04-91455-3 (세트)

만학검전 **종남마검** 편

FANTASTIC ORIENTAL HEROES

한성수 新무협 판타지 소설

④

도서출판 **청어람**

만학검전

종남마검 편

目次

第一章

호기심? 경각심? 반반이다!

'자! 그럼 이제 누가 나올까?'

이현은 내심 눈을 빛내며 수중의 장검을 살폈다. 방금 전
펼친 대천강검법 천강회회 덕분에 검조에 맺혀 있던 핏물이
바짝 말라붙었다.

앞서 기습을 가했던 장창수나 도객을 상대할 때 이현은 별
다른 절학을 사용하지 않았다. 그냥 무위자연의 상태로 검을
기교적으로 휘둘러 죽이고 제압했다.

그러나 조금 전 그에게 상처를 입힌 천라삼혈은 달랐다.

그들의 마음이 완전히 통한 듯한 합벽검진의 위력은 대단했다. 그냥 평범하게 상대할 수 없었다.

그래서 그는 패도적인 대천강검법을 사용해야만 했다.

검강의 기운으로 검신을 순간적으로 달군 채로 천라삼혈의 합벽검진을 단숨에 박살 내버린 것이다.

덕분에 소화영에게 빌린 검은 상태가 이렇게 됐다.

바짝 말라서 검조에 들러붙어 있는 핏자국.

보기 싫다!

촤락!

이현이 그 같은 생각을 떠올린 것과 함께 일어난 강력한 내공진기가 검조에 들러붙어 있던 핏물을 녹였다. 그리고 한차례 검을 휘두르자 바닥에 핏물이 뿌려진다. 역시 생각보다 꽤 많은 사람을 베었던 것 같다.

'뭐, 괜찮네!'

순식간에 깨끗해진 검날을 살펴보며 이현은 내심 고개를 끄덕였다.

검날에는 이 하나 나간 데가 없다.

소화영이 생일날 받은 귀한 검이라고 했던가?

그리 나쁘지 않아 보인다.

하지만 청명보검에 비할 바는 아니다.

만약 이현의 손에 청명검이 들려져 있었다면 천라삼혈 따위의 합공에 부상씩이나 당했을 리 없다. 애초부터 검이 자신의 강력한 내력을 감당하지 못하고 부러질까 봐 조심할 필요가 없었을 테니까.

'쳇! 그 계집애! 괜스레 그딴 말은 해가지고 사람을 귀찮게 하는군!'

내심 안도하면서도 이현은 소화영에게 투덜거리길 잊지 않았다. 자신이 열심히 검을 휘두르며 싸우는 와중에도 그녀의 말에 신경 썼다는 사실이 마음에 들지 않았기 때문이다.

한데, 그때 검을 살피길 끝낸 이현의 눈살이 찌푸려졌다.

"뭐야? 이렇게 끝내려는 거야?"

이현이 내뱉은 말 그대로다.

방금 전, 그러니까 천라삼혈의 합공이 깨지기 전까지 이현은 완벽하게 포위되어 있었다. 연속적으로 그를 노렸던 자들보다 적어도 몇 배는 뛰어넘는 숫자가 여전히 남아 있었던 것이다.

그런데 갑자기 상황이 바뀌었다.

천라삼혈의 사망과 동시에 포위가 완전히 풀려 버렸다.

퇴각!

이현과 그를 암습했던 자들의 시체만 남긴 채 암중의 포위자들은 자취를 감췄다. 마치 어떤 일도 벌어진 적 없었다는 듯이 말이다.

'추격할까?'

이현은 잠시 갈등했다.

오늘 숭인학관을 포위 공격하려 했던 자들.

절대 보통이 아니다.

어떤 면에선 전날 힘겹게 퇴치했던 신마맹의 마궁철기대보다 더 골치 아픈 상대일지도 모른다는 생각이 들었다. 아마 같은 부류일 테지만.

그러니 한번 시작한 싸움, 이번 기회에 뿌리를 완전히 뽑는 게 최고였다. 다시는 숭인학관과 자신의 땅으로 선포한 청양 일대에 감히 마수를 들이밀지 못하게 아예 박살을 내놓아야 안심이 될 것 같았다.

하지만 몇 가지 걸리는 게 있다.

숭인학관과 목연.

그리고 갑자기 퇴각에 나선 저들의 저의였다.

보통이 아닌 적!

그들을 섣불리 추격하다가 숭인학관과 목연에게 어떤 식으로라도 문제가 생겨선 절대 안 된다는 생각이 들었다. 그것이 갑작스럽게 퇴각에 나선 자들의 저의에 대한 강렬한 궁금증을 억눌렀다.

"후우! 이럴 줄 알았으면 몇 명 살려놓는 건데……."

결국 이현은 한 차례 한숨과 함께 천천히 발걸음을 숭인학관 쪽으로 돌렸다.

천라삼혈의 등장으로 인해 압축시켰던 기감!

자연스럽게 다시 주변 전체를 감쌀 정도로 확장시킨다. 혹시 숭인학관에 뜻하지 않았던 문제가 발생했는지 확인해야만 했기 때문이다.

한데, 그때 이현의 눈에 기묘한 기운이 어렸다.

호기심?

경각심?

반반이다. 빠르게 확장되기 시작한 그의 기감에 아주 강력한 기운 두 개가 포착되었다.

그중 하나는 익히 아는 기운.

악영인이다.

이현에게 호기심과 경각심을 동시에 안겨준 기운은 악영인과 함께하고 있는 자였다.

악영인에 비해 전혀 떨어지지 않는 강력한 기운!

그런데 조금 이상하다.

분명 강력한 기운이긴 한데, 왠지 비어 보인다. 완전무결하게 강력한 기운을 품은 악영인과 비교할 때 조금쯤 부족함이 느껴지는 것이다.

'희한하군! 희한한 일이야!'

이현이 내심 고개를 갸웃해 보이고 걸음을 조금 빨리해 숭인학관으로 향했다. 악영인과 함께하고 있는 묘한 기운의 소

유자가 궁금했으나 지금은 숭인학관과 목연의 안위를 살피는
게 우선이었다.

*　　　　　*　　　　　*

숭인상단을 들러서 몇 가지 명령을 내린 후 숭인학관으로
향하던 악영인이 눈살을 가볍게 찌푸려 보였다. 평상시와 달
리 숭인학관 주변에 살기가 흘러넘치는 걸 눈치챘기 때문이
다.

'설마 개방 청양 분타를 습격한 자들이 숭인학관까지 공격
한 걸까?'

그때 반보 가량 떨어져 그를 따르던 조준이 코를 한차례 킁
킁거리고 말했다.

"상당히 훈련이 잘된 자들이로군."

악영인이 그를 돌아봤다.

"몇 명이나 왔는지 알겠소?"

"대략은."

"그 대략이 궁금하오만?"

"대략으로 해결될 문제가 아닌 것 같은데?"

"해결될 거요. 충분히."

"……"

조준이 단호한 악영인의 말에 입을 다문 채 고개를 갸웃해 보았다.

뭔가 마음에 들지 않는 것일까?

아니다.

악영인이 한 말을 그는 있는 그대로 받아들였다.

그만한 능력과 신뢰를 악영인에게 느끼고 있었기 때문이다.

그래서 그는 처음의 생각을 바꾸고 주변 파악에 들어갔다. 대략이나마 정확한 정보를 얻기 위함이었다. 그리고 잠시 고심에 빠져 있던 그가 입을 열었다.

"백삼십여 명."

"백삼십여 명?"

"그 정도의 인원이 부근에 산개해 있었다."

"있었다?"

"지금은 모두 떠났거든. 몇 명을 제외하고 말야. 아마 뒤처리를 전담으로 하는 자들이겠군."

"그 몇 명의 위치를 파악할 수 있겠소?"

"그게 어려워. 꽤나 정신을 집중해서 명왕부동심을 사용했는데도 확실한 종적을 파악하기가 어렵거든. 아마 술법에 능한 자들이거나 전문적으로 자신의 흔적을 지우는 데 익숙한 살수나 자객 집단이 아닐까 싶어."

'술법에 능한 자나 살수 혹은 자객 집단이라…….'

악영인은 문득 관외의 전장을 떠올렸다.

치열한 전투의 끝.

전장의 뒤처리는 무척 중요했다. 전투의 승패가 결정된 후 패주하는 적을 정리하고, 아군의 시체를 수습한다. 그리고 적아 구별 없이 병장기와 무구, 군량을 챙겨야만 하는 것이다.

그러니 현재 숭인학관 주변에서 벌어지고 있는 저들의 뒷수습의 종류는 대충 짐작이 간다. 하필이면 그들은 이현이 목연에게 들러붙어서 시험공부에 여념이 없을 때 숭인학관에 쳐들어왔다. 그들의 목적, 숫자, 능력을 떠나서 어떤 식으로 불쌍한 꼴이 됐을지 대충 짐작이 갔다.

'…하지만 역시 대단한 놈들이로구나! 전멸을 당하지 않고서 형님의 마수로부터 벗어났으니 말이야!'

내심 생각을 정리한 악영인이 조준에게 말했다.

"조 형, 만약 혼자서 저들과 맞서야만 한다면 어찌하겠소?"

"도망치지. 쓸데없는 싸움은 하는 게 아니니까."

"도망칠 수 없다면?"

"그럼 함정을 파야지."

"직접 정면으로 맞서서 깨부수는 방법도 있는데?"

"왜 그런 짓을 해?"

"멋있잖아?"

"……"

조준이 악영인을 잠시 황당한 표정으로 바라보곤 시선을 돌렸다. 더 이상 대화하고 싶지 않은 게 분명하다.

그러자 악영인이 슬쩍 얼굴을 붉혔다.

'확실히 나도 좀 이상해졌군. 싸움이나 전투에 멋 따윌 추구하다니……'

이게 모두 이현 때문이다.

그를 만난 후 악영인은 이상해졌다.

관외의 전신이라 불렸던 과거라면 이런 생각은 절대 하지 않았을 테니까 말이다.

하지만 악영인은 이런 변화가 기분 나쁘지 않았다.

전장에서는 한 번도 경험해 본 적이 없던 푸근함이랄까?

그러한 편안함을 이현과 함께 지내는 동안 얻었다. 죽을 때까지 절대로 씻겨지지 않을 거라 생각했던 살육의 광기와 진한 피 냄새를 종종 잊을 정도로.

그때 조준이 다시 코를 킁킁거리곤 말했다.

"이젠 완전히 사라졌다."

"뒷정리를 끝내고 퇴각한 게로군?"

"아마도."

짧은 대답과 함께 조준이 묘한 표정으로 숭인학관 쪽을 바라봤다.

명왕부동심을 펼치고 얼마 지나지 않아서였다.

그는 자신을 주목하는 강력하고 무지막지한 기운을 느꼈다.

뒷정리에 나선 자들이 아니다.

'아마도 이곳에 진을 펼쳤던 백삼십여 명을 철퇴시킨 당사자일 테지? 하지만 이렇게까지 강렬한 기운을 자랑하다니, 생각보다 강한 자는 아닐지도 모르겠구나!'

악영인에겐 말할 수 없는 내심이다.

그러나 그 어느 때보다 진실에 가까운 조준의 속내였다.

*          *          *

인재당.

목연은 서서히 마음이 불편해져 오고 있었다.

이현이 배탈이 나서 떠나간 후 얼마 지나지 않아서 북궁창성이 모습을 드러냈다.

근래 그는 자신의 처소에서 홀로 공부에 매진 중이었다.

얼마 남지 않은 식년과를 대비하기 위해 다른 초시 합격자들과 함께 불철주야 공부에 전념하고 있었다. 목연이 초시 장원인 이현에게 집중하는 동안 북궁창성이 나머지 수험생들을 맡아서 시험에 대비하고 있었던 것이다.

학생들 중 유일하게 초시를 무시험으로 통과한 자!

청양 현령이 인정한 최고의 수재!

은연중 북궁창성은 숭인학관에서 목연과 대등한 학사로 인정받고 있었고, 수험생들은 그와 시험공부하는 것을 기꺼이 받아들였다.

그런데 오늘 북궁창성은 자신이 맡고 있던 수험생들을 놔둔 채 인재당으로 목연을 찾아왔다. 그의 뒤에는 소화영과 이름 모를 외팔이 중년인이 따르고 있었는데, 아마 북궁세가에서 온 무인이지 싶었다.

'하아! 지난번에 내 설명이 북궁 공자한테는 충분하지 않았던 것 같구나……'

숭인학관.

학문을 공부하고 인격을 도야하는 장소다.

근래 수년 만에 치러진 대과로 인해 다소 분위기가 어수선해지긴 했으나 목연은 절대 이 점만큼은 양보할 수 없었다. 부친인 대학사 목극연의 유지이고 그녀가 숭인학관을 지키는 목적이었기 때문이다.

그래서 그녀는 북궁창성이 항상 신경 쓰였다.

그의 학문적인 열의와 빼어난 학업 성취도와는 별개로 무림세가의 일원이라는 점을 잊지 않았다. 언젠가 그로 인해 숭인학관이 무림과 관련된 평지풍파를 맞을 가능성을 머릿속에서 지울 수 없었던 것이다.

'…그리고 결국 오늘 같은 일까지 벌어졌구나! 학관 안에 칼을 찬 무림인이 뛰어들어 오다니!'

목연이 내심 한숨과 함께 생각을 정리한 후 자신의 앞에 좌정해 있는 북궁창성에게 입을 열었다.

"북궁 공자, 제게 설명해 주실 수 있나요?"

"죄송합니다."

"죄송하다 함은?"

"조금만 기다려 주시면 목 소저에게 전후의 사정을 설명할 수 있을 거라 사료됩니다."

"조금만 기다리면 되는 건가요?"

"예, 조금만 기다려 주십시오."

담담한 북궁창성의 말에 목연이 천천히 고개를 끄덕여 보였다.

"예, 기다리지요. 기다리겠습니다."

"감사합니다."

"단! 이후 제게 하나의 거짓도 없이 설명해 주셔야만 합니다! 그러실 수 있겠습니까?"

"그건……."

북궁창성이 난감한 표정으로 말끝을 흐렸다. 이현의 의중을 모른 채 목연의 뜻을 따르기 어려웠기 때문이다.

그러자 목연의 온화하던 얼굴이 살짝 어두워졌다.

역시 예상대로다!

눈앞의 북궁창성은 그녀에게 말 못할 일을 저지른 게 분명하다. 그리고 그건 분명히 북궁세가나 무림과 관련된 일일 터였다.

'하아! 북궁 공자를 여기서 더 다그치는 건 도리가 아닐 것이다! 하지만 앞으로 그를 어찌 대할지 심히 걱정되는구나!'

다시 한숨지을 수밖에 없는 목연이었다.

그러는 사이 은연중 내공을 운집한 채 은야검과 함께 인재당 앞을 지키던 소화영의 얼굴이 밝아졌다. 평상시와 그다지 다를 것 없이 느긋한 표정을 한 이현이 인재당 밖에서 서성이는 걸 발견했기 때문이다.

"이 공자……."

까닥! 까닥!

이현이 고개를 가로저어 보이자 소화영이 얼른 그의 의중을 눈치챘다.

'…소란을 떨어서 목 소저를 놀라게 하지 말란 뜻이로구나! 그런데 이 공자, 부상을 당한 것 같은데?'

잠영은밀대의 일급 대원답게 이현의 옷에 핏자국이 번져 있는 것을 확인한 소화영이 살짝 인재당 안쪽을 바라봤다. 목연과 북궁창성의 눈치를 살피기 위함이었다.

'다행히 두 분 모두 이 공자가 온 걸 아직 모르신다!'

내심 안도한 소화영이 은야검에게 슬쩍 시선을 던진 후 전음으로 말했다.

[사형, 잠시 나갔다 올 테니까 북궁 공자님과 목 소저 곁을 절대 떠나지 마세요!]

은야검이 대답하는 대신 천천히 고개를 끄덕여 보였다.

아직 내공이 회복되지 않아서 전음을 사용하긴 무리인 것이다.

그 점을 떠올리며 울적한 마음이 된 소화영이 그에게 한차례 고개를 끄덕여 주고 인재당을 벗어났다. 그리고 그녀가 막 중문을 빠져나왔을 때였다.

확!

마치 미끼를 문 물고기를 낚아채는 강태공처럼 이현이 소화영의 뒷덜미를 끌어당겼다. 그러자 두 사람 간의 신장 차이로 인해서 일시적으로 소화영의 다리가 공중에서 동동거리게 되었다.

"무, 무슨 짓이에요!"

"옜다!"

"아!"

소화영이 자신에게 건네진 검을 보고 나직이 탄성을 발했다.

가져갈 때와 똑같다.

한 점의 흠결도 없는 검을 이현은 돌려줬다. 처음에 약속했던 대로 말이다.

이현이 소화영을 놔주며 말했다.

"옷이 필요해."

"많이 다치셨어요?"

"간지러운 정도야. 하지만 이렇게 너풀거리는 옷을 입고서 목 소저에게 돌아갈 순 없지 않겠어?"

"확실히 목 소저께서 이 공자님의 이런 모습을 보면 절대 좋아하시진 않겠네요."

"그렇겠지?"

"예! 분명히요!"

"그러니까 네가 옷을 좀 가져다 줘."

"상처부터 치료해야 하지 않을까요?"

"상처는 이미 아물기 시작했으니까 신경 쓰지 마."

'정말이네?'

소화영이 이현의 너풀거리는 옷사락 속에 언뜻언뜻 내비치는 상처 부위를 눈으로 살피고 미간 사이를 좁혔다. 순간적으로 마음속에서 큰 갈등을 느꼈기 때문이다.

'북궁 공자님이 대과에 장원 급제하실 때 드리려고 만든 장포를 이 공자님한테 드리긴 너무 아까워! 그거 만드느라 내가 바늘에 몇 번이나 손을 찔렀는데! 하지만 숭인학관을 지키려

다 상처를 입었는데, 그냥 모른 척하는 건 북궁세가 무인의 도
리가 아닐 거야!'

어렵사리 마음의 결정을 내린 소화영이 입가에 한숨을 매
단 채 말했다.

"에휴, 조금만 기다리세요! 옷 가져다 드릴게요!"

"그래."

"고맙다는 말은요?"

"꼭 그런 걸 듣고 싶냐?"

"예! 반드시요!"

"고맙다."

"쳇! 엎드려 절 받기네!"

"무른다?"

"됐어요!"

소화영이 입술을 삐죽거리듯 내민 채 자신의 처소로 달려
갔다.


잠시 후.

소화영이 가져다준 장포로 갈아입은 이현이 이리저리 옷태
를 살피곤 입가에 묘한 미소를 매달았다.

"옷 짓는 솜씨를 보니, 이젠 시집가도 되겠는데?"

"이 공자님을 만나기 한참 전부터 시집 정도는 갈 수 있었

어요!"

"하지만 아무한테나 가고 싶진 않을 테지?"

"그, 그건……."

"뭐, 됐구! 혹시 그동안 목 소저나 숭인학관에 문제는 없었지?"

"…없었어요. 개미새끼 한 마리도 숭인학관을 들락날락하지 못했어요."

"좋아."

"그런데 어떻게 된 일이죠?"

"글쎄."

"글쎄? 그게 무슨 소리에요?"

"말 그대로야. 나도 잘 모르는 놈들이더라구."

"거짓말!"

소화영이 비난하듯 이현을 향해 손가락질했다. 그가 자신을 속인다고 생각했기 때문이다.

그러나 이현은 이미 그녀를 상대하지 않고 인재당으로 걸어가고 있었다. 언제 숭인학관을 포위해 오던 미지의 적들과 피투성이 싸움을 했냐는 듯 천연덕스럽게 목연에게 돌아가고 있는 것이다.

'쳇! 옷은 잘 어울리네!'

자신이 정성 들여 만든 옷이 지나치게 이현에게 잘 어울려서 마음이 복잡해지는 소화영이었다.


*              *              *


"숭인학관? 숭인상단과 어떤 관계지?"

숭인학관의 현판을 읽고 의구심이 섞인 표정을 던지는 조준에게 악영인이 어깨를 으쓱해 보였다.

"상단의 주인이 공부하는 곳이랄까?"

"상단의 주인이 공부하는 곳? 그럼 상단주가 꽤 젊은 모양이군?"

"젊지. 하지만 나이와 관계없이 천하의 영웅호걸이라고 할 수 있소."

"천하의 영웅호걸이라 그거 기대되는군."

"기대해도 좋을 거요. 내 형님은 정말 대단하니까."

"……."

이현의 얘기를 하자마자 얼굴이 크게 밝아진 악영인을 조준이 빙긋이 웃으며 바라봤다.

그러자 조금 부끄러워진 악영인이 헛기침을 몇 차례 하고 숭인학관 안으로 들어갔다. 조준이 그를 천천히 따랐다.


인재당.

조준을 데리고 곧바로 인재당으로 달려온 악영인이 이현을
보자마자 크게 소리를 질러댔다.

　"형님! 형님! 큰일 났수! 큰일 났다구요!"

　"무슨 큰일이 났는데 인재당에서 소란을 피우는 거냐? 서,
설마! 화미각의 숙수(주방장)가 다른 동네로 떠나기라도 한 거
냐?"

　"화미각의 숙수가 어째서 청양을 떠나겠습니까? 그의 요리
때문에 숭인상단이 화미각과 거래를 하는 건데요!"

　"그럼 뭐가 큰일인데?"

　대뜸 시큰둥한 표정이 된 이현에게 바짝 다가든 악영인이
주변을 둘러보고 목소리를 낮췄다.

　"그런데 형님, 목 소저는 어디 가셨기에 혼자서 인재당을 지
키고 계신 거유?"

　"목 소저는 북궁 사제와 볼일이 있는가 보더라."

　"북궁창성하고요?"

　"그래, 뭔가 북궁 사제한테 단단히 화가 난 거 같던데, 뭐
냐야 모르지."

　시치미를 뚝 떼는 이현의 말에 악영인이 천천히 고개를 끄
덕여 보였다. 본래 그는 목연과 북궁창성 모두한테 그다지 관
심이 없었기에 이현이 시치미를 떼는 이유 역시 알지 못했다.
그냥 이현이 말하면 그런가 보다 할 뿐인 것이다.

이현이 화제를 바꿨다.

"그런데 뭐가 큰일 났다는 거냐?"

"아, 참! 형님, 개방 청양 분타가 쑥대밭이 됐수다! 분타주인 위풍걸개를 비롯해서 수십 명이 넘는 거지들이 떼 몰살을 당해 버렸수!"

"풍운삼개는?"

"그들은 마침 청양 분타에 없어서 화는 면한 것 같수. 그런데 거기에서 제가 누굴 만났는지 아시겠수?"

"저기 멀뚱하게 서 있는 자를 만났겠지."

"어라? 어떻게 그걸……."

"알았냐구?"

"……."

악영인이 고개를 연달아 끄덕여 보이자 이현이 조준 쪽을 한차례 바라보고 화제를 바꿨다.

"풍운삼개더러 함부로 움직이지 말라는 얘기는 전했냐?"

"한동안 숭인상단에 처박혀 있으란 말을 했수. 하지만 그들이 이런 꼴을 당하고 가만있을 수 있겠수?"

"개방 상부에 일단 전서구 같은 거라도 띄우려 할 테지. 자신들의 힘으론 복수하기 어렵다고 생각할 테니까."

"어째 형님은 마뜩치 않은 듯싶소?"

"천하제일대방이라 불리는 개방의 분타 하나를 박살 낸 자들이다. 너 같으면 생존자가 개방의 총타로 이 같은 소식을 알리길 바랄 것 같으냐?"

"본래 강호 출도할 때 무림에서 개방의 거지는 건드리지 않는 거라고 배웠수. 천하에 존재하는 거지 모두를 몰살시킬 수는 없으니까."

"그러니 한번 손을 썼으면 끝장을 봐야만 하는 거지. 그게 아니면……."

"그게 아니면? 아! 혹시 형님 생각은 그런 거유? 개방 안에 이번 혈사를 일으킨 자들과 내통하는 세력이 있다는 그런 음모론?"

"…아직 확정지은 건 아니다. 하지만 완전히 배제할 수도 없는 노릇이겠지."

"……."

악영인의 안색이 조금 심각해졌다.

개방.

천하제일대방이라 불리고, 아주 오랫동안 구대문파와 함께 일방이라 불리며 존중을 받아왔다. 즉, 정파의 전통적인 강자이자 주춧돌이라 할 수 있었다.

그에 비하면 악영인의 가문인 산동악가는 조금 손색이 있다고 할 수 있다. 악무목(명장 악비를 존칭하는 말)의 후예라곤 하나 산동악가가 무림세가로써 무림에 자리 잡은 역사가 수

백 년을 넘지 못했다. 역사와 전통을 자랑하는 구파일방에 비견할 수는 없는 것이다.

하물며 개방은 정파 무림 제일의 정보 집단이었다.

천하 어디에나 존재하는 거지를 통솔해서 무림 역사상 정파에 무수히 많은 공헌을 했다. 세외 무림 세력의 중원 침공이나 내부에서 자라난 불온한 사마 세력의 음모를 가장 먼저 정파에 알려주고 대비시켰기 때문이다.

그러니 이현의 말대로 개방 내부에 이번 같은 혈사의 내통자가 있다는 건 결코 함부로 논할 일이 아니었다. 자칫 천하제일대방인 개방의 명예를 손상시킬 수 있는 일이고, 그게 사실이라면 현재의 정파 천하가 크게 뒤흔들릴 만한 대사건이 될 터였다.

'난세! 대난세의 조짐인 건가?'

악영인이 내심 중얼거리며 눈을 빛내고 있을 때였다.

슥!

문득 한 발을 걸친 채 앉아 있던 인재당의 툇마루에서 신형을 일으킨 이현이 조준을 향해 걸어갔다.

"엇……!"

그 속도가 무척 빠르다.

일상적인 걸음이 아닌 것이다.

하지만 그런 걸로 악영인이 놀라진 않는다. 그 후 벌어진 일이 그의 입을 벌어지게 만들었다.

파아앙!

이현이 대뜸 조준을 향해 수장을 날렸다.


벽운천강수!


그냥 간을 보는 정도가 아니다.

온통 새파랗게 변한 이현의 수장!

벽운천강수가 10성에 달했을 때 발휘되는 수강이 손 전체를 뒤덮었다. 그 압도적인 파괴력을 동반한 손 그림자로 조준의 상반신 전체를 휘감아 버린 것이다.

'진심이다! 저건 진심이야!'

악영인은 내심 경악에 찬 소리를 지르며 어깨를 들썩거렸다. 자신이 숭인학관에 데려온 조준이 이현의 손에 맞아 죽는 것을 그냥 지켜볼 수 없었기 때문이다.

그러나 곧 그의 안색이 딱딱하게 굳어졌다.

번쩍!

갑자기 일어난 광채와 함께 조준의 몸이 감쪽같이 자취를 감춰 버렸다.

그럼 이현은?

어느새 그는 신형을 빠르게 분신시키고 있었다.

잠영보?


처음만 그랬다. 어느새 그는 평상시 거의 사용해 본 적이 없던 종남파 제일의 보법, 무영공공보(無影空空步)를 펼치고 있었다.

이유는 자명하다.

그의 벽운천강수로부터 한줄기 빛과 함께 빠져나간 조준의 퇴로를 막기 위함이었다.

그런데 그게 꽤 쉽지 않다.

최소한 잠영보로는 안 된다고 여겼다.

그래서 그는 무영공공보의 무궁한 변화로 조준이 빠져나갈 수 있는 모든 방위를 단숨에 가로막았다. 그로 인해 인재당의 너른 마당은 일순 이현의 그림자로 가득 찼다.

흡사 이현이 수백 명으로 늘어난 것과 같은 형국!

그러자 조준이 인재당의 중문을 빠져나가려다 도로 본래 있던 장소로 돌아왔다.

얼굴에 썩은 기운이 감돈다.

이현의 무영공공보에 퇴로가 가로막힌 것에 꽤나 마음이 상한 것 같다.

그러나 다음 순간, 그가 두 손을 모아 손가락으로 기묘한 수결을 만들어냈다.

"옴!"

입에서는 기묘한 소리가 흘러나온다.

"망할!"

이현의 입에서 한동안 삼갔던 욕설이 터져 나왔다. 그리고 수백 개로 늘어났던 그의 신형이 급격하게 하나로 모여든다. 놀랍게도 무영공공보가 파훼되어 버린 것이다.

슥!

그러자 다시 수결을 바꾸는 조준.

아니다.

이번에는 그가 조금 늦었다.

스스슥!

순간적으로 하나가 된 이현이 발끝으로 지축을 찍듯이 차면서 조준을 향해 파고들었다.

그냥이 아니다.

곧추 세워진 그의 식지에서 서늘한 기운이 감돌았다.


지강지강(指强之罡)!


전날 철목령주의 밀종대수인을 파괴한 적이 있던 은하적성지가 조준의 미간 사이를 노렸다. 그가 수결과 함께 일으키는 술법의 근원이라 할 수 있는 인당혈을 박살 내려는 의도였다.

'이대로라면 내 명왕부동심이 박살 나고 수십 년의 공덕이 물거품으로 바뀌고 만다!'

조준은 합리적인 사람이다.

태어났을 때부터 그런 성격이었고, 성장하면서 확고해졌다.

쉽게 말해 괜한 일에 목숨을 걸지 않는다.

지금같이 말이다.

"항복!"

"뭐?"

"투항! 백기 투항하겠소!"

"……."

갑자기 양손을 들고 저항을 포기한 조준을 이현이 잠시 묘한 표정으로 바라보았다.

그의 손가락 끝에 맺힌 지강지강의 은하적성지!

조준의 인당혈과 거의 한 치의 차이밖에 나지 않는다. 어느 때보다 강력한 지강이 조준의 인당혈 바로 앞에서 움직임을 멈췄다.

그러니 이제 어찌할 것인가?

'그냥 놔두면 필시 나중에 내 두통거리가 될 놈이긴 한데… 하는 짓이 재밌으니 일단 두고 보기로 할까?'

조준에게 슬쩍 웃음을 보인 이현이 은하적성지를 거둬들였다. 그리고 순간적으로 발을 올려 찬다.

퍼퍽!

그의 회심퇴에 어깨와 가슴을 동시에 걷어차인 조준이 바닥에 나뒹굴었다.

'와! 항복한 사람을 저렇게 모질게 대하다니! 형님은 정말 인정사정 봐주지 않는구나!'

악영인은 내심 탄성을 발하면서도 눈에 이채를 발했다.

관제묘에서 처음 본 조준.

그는 꽤나 독특한 사람이었다.

전장에서 잔뼈가 굵은 악영인조차 그의 실제 능력을 가늠할 수 없을 정도로 묘한 절기를 지니고 있었다.

그래서 그는 은근히 조준과 이현을 견주어보고 있었다. 한시라도 빨리 두 사람을 만나게 한 후 누가 더 강한지 알아보고 싶었던 것이다.

'그런데 생각 이상으로 빨리 결론이 났네? 역시 소문난 잔치에는 먹을 게 없는 건가?'

악영인이 내심 입맛을 다실 때였다.

슥!

이현이 바닥에 비참하게 널브러져 있는 조준에게 손을 내밀었다. 걷어차서 자빠뜨릴 때는 언제고 갑자기 태도 돌변이다. 병 주고 약 주는 건가?

"대막 명왕종의 사람치고는 처세가 제법이군. 방금 전에는 실례했네."

'대막 명왕종?'

악영인이 의아한 표정을 지어 보였을 때 조준이 어깨를 으쓱해 보이며 이현의 손을 붙잡고 신형을 일으켜 세웠다. 표정의 변화는 거의 느껴지지 않는다. 마치 이현이 한 말을 전혀 듣지 못한 것 같다.

그러나 곧 그의 고개가 끄덕여졌다.

"어쩐지 하나에서 열까지 명왕종의 술식 파훼법을 알고 있더라니… 중원에 명왕종에 대해 아는 고인이 있는 줄은 몰랐소."

"그 술식, 전부 파훼된 게 아닐 텐데?"

조준의 얼굴에 비로소 사람의 감정이라 할 만한 것이 떠올랐다.

"거기까지 아셨소?"

"어. 예전에 대막을 떠돌아다니다 명왕종의 술사를 만난 적이 있거든."

"사막과 초원을 떠돌아다니며 수행을 하는 선배를 만난 모양이구려?"

"내게는 구명의 은인이지. 그때 사흘이나 물 한 모금 마시지 못해서 거의 죽기 일보직전이었거든."

"그건 안타까운 일이로군."

"뭐가 안타깝다는 거지?"

"그때 당신이 죽었다면 오늘 내 명왕부동심이 고통받을 일이 없었을 텐데……."

퍽!

이현이 다시 조준을 발로 걷어찼다.

이번에는 다리 쪽이다.

정강이뼈를 강하게 걷어차서 다시 조준을 바닥에 자빠뜨렸다. 아주 정확하게 타격했다.

이현이 다리를 붙잡고 고통스러워하는 조준에게 다시 손을 내밀며 말했다.

"미안."

조준이 이현을 빤히 올려다보며 대답했다.

"…내가 맞을 소리를 했으니까 괜찮소."

'알긴 아네?'

악영인이 내심 고개를 끄덕였다. 이현의 성격을 익히 알기에 조준이 맞을 소리를 했다고 생각했던 것이다.

이현이 고개를 끄덕여 보였다.

"아니, 내가 미안해. 명왕종은 본래 거짓말을 못한다는 걸 알면서 욱했으니 말야."

"그런 것도 아셨소?"

"말했잖아. 명왕종의 술사 덕분에 생명을 구했다고."

"물만 얻어 마신 게 아니란 뜻이로군?"

"그런 셈이지."

"흠."

조준이 콧김을 한차례 뿜어내고 이현의 손을 붙잡고 다시 신형을 일으켜 세웠다. 여전히 얻어맞은 정강이가 아픈지 미간 사이가 조금 좁혀져 있다.

그러거나 말거나 이현이 말했다.

"여기 오는 동안 꽤 험한 구경을 했을 것 같은데?"

"무수히 많은 원혼들이 떠돌고 있더구려."

"착한 놈들은 하나도 없을 걸?"

"그렇구려. 그런데 당신의 이름을 알려주시겠소?"

"이거 실례했군. 나는 숭인학관의 학사인 이현이야."

이번 초시의 장원!

이미 이현은 자칭 타칭 숭인학관의 학사로 불리고 있었다. 그럴 만한 자격이 있는 것이다.

그러나 그는 본래 이번 초시에 합격한 것에 껄끄러운 기분이 있었다. 부정행위를 저지른 건 아니나 정당한 실력으로 장원이 된 것도 아니라고 생각했기 때문이다.

그래서 그가 학사를 자처한 건 이번이 처음이었다.

그러자 조준이 묘한 표정으로 고개를 갸웃해 보였다.

"학사? 중원의 학사들은 보통 이렇게 무공이 고강한가?"

"걱정할 필요 없어. 내가 중원의 학사 중에선 아마 제일 강할 테니까."

"그건 다행이군. 자칫 다시 대막으로 돌아가고 싶어질 뻔했어."

"그런데 어째서 명왕종의 제자가 중원에 발을 내딛게 된 거지? 대충 보니까 아직 완벽하게 명왕종의 절학을 물려받은 것도 아닌 것 같은데 말야?"

"나는 작은할아버님을 찾으러 왔다."

"작은할아버지?"

"그래, 그분에게서 받을 게 있다."

"뭐, 그렇군."

뭔가 깨달은 듯 고개를 끄덕여 보인 이현이 악영인을 돌아보며 말했다.

"이 녀석, 관제묘에서 만났지?"

"어, 어떻게 아셨수?"

"사람을 찾으러 청양에 왔으면 개방 분타를 찾아가는 게 당연하잖아!"

"그, 그런가?"

"그런 거야!"

단호하게 말한 이현이 악영인을 손짓해 불렀다.

"왜 그러시우?"

"나는 한동안 숭인학관을 벗어날 수 없으니까 이 작자와 함께 개방 거지들을 죽인 자들에 대해서 알아보고 와라!"

"숭인학관을 공격한 자들 때문이우?"

"그래. 아쉽게도 이번에 숭인학관을 공격한 자들을 완전히 섬멸하지 못했거든."

"그렇게 강한 놈들이었수?"

"강하다기보다는……."

조준이 갑자기 끼어들었다.

"눈치가 빠른 자들이었나 보군."

"…그래, 눈치가 빠른 놈들이었어."

"그리고 당신은 방심했던 게고."

"……."

"그렇게 보지 마시오. 당신한테 다시 한 대 얻어맞는다 해도 나는 이 말을 해야만 하니까. 당신도 알잖아? 명왕종의 제자는 거짓말을 하지 못한다는 걸 말야."

'이 녀석, 정말 얄밉군. 하지만 명왕종의 제자라면 쓸모가 많을 테니까…….'

내심 조준을 살짝 노려본 이현이 고개를 끄덕여 보였다.

"그래, 내가 방심했던 건 사실이다. 마음먹고 공격해 들어온 놈들이 그렇게 갑자기 퇴각할 줄은 몰랐거든."

"게다가 뒷정리까지 했소. 아! 그건 당신도 알았겠군. 나중에 관부가 개입하면 귀찮아질 것 같아서 그냥 내버려 둔 것이오?"

"맞아. 무림의 일은 무림에서 해결해야지."

"아하! 관과 무림은 불간섭이라……."

"그런 거 없다."

"…없다고?"

"그래. 그딴 게 통용되던 때는 한참 전이야. 중원이 여러 이민족들의 침입으로 혼란스러웠던."

"그럼 지금 중원은 평화롭나 보군?"

"평화롭지. 적어도 대막보다는 그럴 걸?"

"흠."

턱을 손가락으로 쓰다듬은 조준이 이현에게 말했다.

"그래서 이번에 내가 개방 거지들을 몰살시킨 흉수를 찾는데 도움을 주면 뭘 해줄 거요?"

"작은할아버지를 찾으러 왔다며?"

"그렇소. 당신이 찾아주겠소?"

"그러지."

"그럼 당신과 거래를 하도록 하겠다."

"손바닥 부딪칠까?"

"굳이 그런 약속까지 할 필요는 없다."

"좋아. 그런데……."

잠시 말끝을 흐린 이현이 악영인에게 질문했다.

"…이 친구, 말투가 왜 이래?"

"혼혈이라 중원어에 익숙하지 않다고 합니다."

"그렇군."

"그런데 형님, 혼자서 괜찮겠수?"

"괜찮아. 다음번엔 방심하지 않을 테니까."

"피 냄새가 나는군."

조준이 나직이 중얼거렸다.

'역시 얄미운 놈이야! 명왕종에서도 분명 별종일 거야!'

내심 조준을 다시 노려본 이현이 손을 휘저어 보였다. 목연이 돌아오기 전에 어서 떠나란 축객령을 내린 것이다.

第二章

# 북천음도를 주재하는 대신!

숭인학관을 나서며 조준이 갑자기 악영인에게 말했다.

"저자는 마검협과 관계가 어떻게 되지?"

"마검협?"

"그래, 종남파의 마검협 이현은 내가 알기로 삼십 대 중반을 넘은 나이다. 그런데 내가 형님이라 부르는 이현은 아무리 넉넉하게 봐도 이십 대 초반을 넘기지 않은 것 같다. 결코 동일인이라 볼 수 없는 것이다."

"동일인이 아니니까."

"그렇군. 동일인이 아니군."

"그래, 형님은 마검협의 제자거든."

"제자?"

"그래, 마검협 선배의 제자이면서 먼 친척이라고 하더군. 뭐, 이건 종남파 제자들한테 들은 거지만."

"숭인상단에서 잔심부름을 하던 자들을 말하는 건가?"

"용케도 알아봤네?"

"상단에서 잔심부름이나 할 자들은 아니라고 생각했으니까. 하지만 그럼 좀 이상하군."

"뭐가 이상한데?"

"그건 지금 말해줄 수 없다. 우리 명왕종의 비밀이니까."

"그럼 처음부터 말을 꺼내지나 말던가!"

악영인이 버럭 화를 냈다.

조준이 자신을 놀렸다는 생각이 들었기 때문이다.

그러자 조준이 고개를 숙이며 사과했다.

"미안하다. 하지만 내 말은 모두 사실이다. 명왕종의 비밀을 타인인 네게 말해줄 수는 없다."

"그러니까 왜 그 비밀에 대해서 처음에 언급했냐구? 사람 감질나게!"

"혼잣말이었다. 내가 중원어가 익숙하지 않으니까 존중해 주기 바란다."

"하아… 존중이 아니라 이해겠지."

악영인이 한숨과 함께 조준의 틀린 어법을 지적해 주고 고개를 가로저었다.

이 사람 피곤하다!

함께 다니면 분명 이번 사건에 도움이 되겠지만 시간이 지날수록 정신적으로 지치는 것을 느꼈다. 미묘하게 자신이 필요할 때만 말실수를 하고 시치미를 떼는 것 같았기 때문이다.

그러나 이미 이현에게 명령을 받았다.

본래는 이현의 도움을 받아서 조준의 정체를 낱낱이 파헤치려고 숭인학관에 왔건만 오히려 일거리만 맡게 되었다. 혹난 데 혹을 하나 더 붙인 꼴이 된 셈이다.

'뭐, 이게 팔자려니 생각해야지! 그런데 숭인학관을 공격한 자들과 개방 청양 분타를 몰살시킨 것들은 본래 한 세력인 게 아닐까?'

합리적인 의심이다.

한날, 한 지역에서 잇달아 벌어진 혈겁과 기습!

이현과 개방 풍운삼개의 평소 관계를 비추어 볼 때 충분히 고려해 볼 만한 연관성이었다.

그때 이 같은 악영인의 속내를 읽기라도 한 듯 조준이 말했다.

"아무래도 여기 청양 땅에 곧 한바탕 피바람이 불어닥칠 것 같구나!"

"이미 불어닥쳤잖소?"

"고작 이 정도를 가지고 혈풍 운운할 건 아니다."

"그럼 앞으로 더 많은 혈사가 벌어질 거란 뜻이오?"

"그렇다."

대답과 함께 잠시 뜸을 들인 조준이 문득 숭인학관 쪽을 돌아보곤 말을 이었다.

"그리고 그 피바람의 중심은 아마 네 형님일 것이다."

"형님이 청양에서 문제를 일으킨 자들을 가만 놔둘 리 없지!"

"그렇다기보다는 그 자신이 문제다."

"뭐?"

조준의 묘한 대답에 악영인이 의아한 기색이 되었다. 그가 한 말의 의미를 잠시 이해할 수 없었기 때문이다.

조준이 말했다.

"본래 청양은 조용한 동네였지 않나?"

"그랬지. 요 근래에는 그렇지 않지만."

"그럼 왜 근래 청양이 시끄러워졌다고 생각하나?"

"그건……."

악영인이 말끝을 흐렸다. 조준이 한 질문의 요지 파악이 잘 되지 않았기 때문이다. 그래서 그가 고개를 흔들어 보였다.

"…잘 모르겠소."

"역시 솔직한 자로군. 솔직하지 않은 부분도 있지만."

"……."

"본래 조용한 동네였던 청양이 근래 시끄러워진 건 변화가 시작되었기 때문이다. 그리고 변화의 시작은 대개 외부 요인에 기인한다."

"외부 요인?"

"그래, 외부 요인! 그리고 청양을 변화시킨 외부 요인은 필시 네 의형 이현일 것이다."

"그건… 형님 때문에 요 근래 청양이 시끄러워졌다는 거요?"

"그렇다."

"그건 너무 억지잖소!"

"억지인지 아닌지는 곧 밝혀질 것이다. 이번에 청양에 몰려온 피바람은 여태까지와 달리 꽤 거셀 테니까."

"……."

악영인이 새삼스러운 표정으로 조준을 바라봤다.

명왕종의 제자라 했던가?

관외에서 꽤 오랫동안 지냈던 악영인도 바람 따라 날아오는 소문으로도 들어본 적이 없었다. 이현이 그의 정체를 대번에 눈치챈 것이 놀라울 지경이었다.

그러나 한 가지 확실한 건 있다.

'조준, 이자는 나나 형님과는 다르다! 그게 어떤 종류의 다

름인지는 아직 모르겠지만!'

악영인은 조준과 함께하는 동안 그를 더욱 세밀하게 관찰해야겠다고 마음먹었다.

그때 조준이 갑자기 걸음을 빨리해 걸어가더니, 품속에서 작은 동종 하나를 꺼내 가볍게 흔들었다.

딸랑! 딸랑!

"옴! 옴 사바디 아르카드!"

'이건 또 뭔 이상한 짓이냐?'

악영인이 황당한 표정으로 조준을 바라보다 곧 이해했다. 문득 사막과 초원을 오고 가는 상단에서 사람이 죽었을 때 치르는 장례 의식을 떠올린 것이다.

'그러고 보니 사막이나 초원에서는 시체를 매장하기 힘들어서 풍장을 선호한다던가? 명왕종이 술사를 키워내는 종파라니, 저런 제령 의식을 해줄 수도 있겠군. 그런데 제령 의식을 하는 게 맞긴 한 건가?'

대상을 따라다니던 주술사나 무당, 사제를 떠올리며 악영인은 고개를 갸웃해 보였다. 그들이 전장을 오고 갈 때 종이나 방울 같은 걸 흔들면서 제령 의식을 펼치는 것을 몇 번 봤다. 그래야 전장에서 죽은 자들이 한을 품고 산 자에게 해코지를 하지 않는다던가?

그러나 그들의 제령 의식과 눈앞의 조준이 하고 있는 건 달라 보였다. 더 음울하고, 사악한 느낌이 들었다. 마치 무림에서 금지된 사공마학을 접한 것 같이 말이다.

이는 악영인이 명문정파인 산동악가의 신공절학을 상승지경까지 익혔기에 가능한 느낌이었다. 본래 사파의 사공마학과 정파의 신공절학은 강력한 반발력이 작용했다. 한쪽 방면의 무공을 어느 정도 이상 익히게 되면 반드시 반대편에 대한 반발력이 작용하게 되는 것이다.

그러나 악영인은 무림보다 먼저 전장에 보내진 사람이었다.

온갖 인물이 부대끼는 전장!

다른 정파인과 달리 정파와 사파의 개념이 모호했고, 무공의 반발력 역시 크게 신경 쓰지 않았다. 국가관이란 건 정사의 대립 구도보다 훨씬 위에 있는 영역이었기 때문이다. 최소한 관외의 전신이라 불리던 당시의 악영인에겐 그러했다.

그래서 그는 정파 신공절학을 상승지경까지 익혔으면서도 사공마학에 대한 식견은 다소 부족했다. 이현이 단숨에 파악한 조준의 독특한 점에 대해서 아직 충분할 정도로 알아내지 못한 건 그러한 이유에서였다.

그리고 그 같은 점 때문에 이현은 악영인으로 하여금 한동안 조준과 함께하도록 했다. 그동안 악영인과 함께하는 동안 느꼈던 그의 부족함을 이번 기회에 조준을 통해서 보완할 수 있으리라 본 것이다.

물론 항상 모든 일은 사람의 뜻대로만 되진 않는다.

이후 이현의 선택이 어떤 결과를 낳을지는 잠시 지켜봐야 할 것 같다.

그때 수중의 동종을 딸랑거리며 한참 주술에 빠져 있던 조준의 몸으로 이상한 기운이 몰려들었다.

거무스름한 먹구름?

직관적으로 그렇게 보인다. 그것도 한여름 무더위를 씻어줄 만큼 급속히 하늘을 검게 물들이는 소나기를 동반한 구름이었다.

'저건 또 뭐야……!'

악영인의 눈이 동그랗게 변했다.

이런 광경은 생전 처음 본다.

어쩌면 당연하다.

실제로 인세에 이런 광경을 볼 수 있는 사람은 극히 드물기 때문이다.

보통 사람이라면 현재 사방에서 조준에게 몰려들고 있는 검은 먹구름을 전혀 볼 수 없을 터였다. 그냥 남보다 예민한 사람이 어깨를 움츠러뜨리고 묘한 한기를 느끼며 기분이 나빠졌다고 여기는 게 전부였을 것이다.


환혼술!

환마술!

귀혼술!


수 대에 걸쳐서 무림과 민간에서 이와 비슷한 이름으로 일컬어졌던 역천의 술법!

그것이 지금 조준이 행하고 있는 일이었다.

그는 오늘 숭인학관 주변에서 이현에게 참살당한 자들의 아직 흩어지지 않은 백(魄)을 특수한 술법을 이용해 끌어모았다.

본래대로라면 뜨겁고 강렬한 태양 아래 한나절도 지나지 않아 눈 녹듯 사라져 버렸을 백.

자신의 의지와 달리 참살당한 인간의 영혼 중 음(陰)의 성질에 속하는 사념의 덩어리.

그 괴악스러운 기질의 사념체를 조준은 한데 모아서 자신의 몸속에 품었다. 보통 사람이라면 단숨에 미쳐서 발광하며 죽을 법한 짓을 서슴지 않고 행한 것이다.

그럼 이후의 전개는 어찌 될 것인가?

잠시 모여든 백의 덩어리를 묵묵하게 흡입한 조준이 가벼운 한숨과 함께 흔들던 동종을 멈췄다. 그리고 그의 입가를 떠돌던 뜻 모를 진언 역시 잦아든다. 원하던 것을 얻었으니, 더 이상 술법을 펼칠 이유가 없었다.

"무섭구나! 무서워!"

악영인이 그제야 그의 곁으로 다가들며 질문했다.

"뭐가 무섭다는 것이오?"

"내가 모시는 대신(大神)의 뜻이 무섭다는 것이다."

"당신이 모시는 대신? 아! 당신 본래 술사 같은 거라고 했지! 그럼 방금 전에 그 검은 기운 같은 게 당신이 모신다는 대신 같은 거요?"

"아니, 이건 그냥 오늘 이곳에서 죽은 자들의 넋이다. 솜씨 좋은 자에게 단숨에 몰살당해서 꽤나 질 좋은 영양분이었지."

"영양분? 당신, 방금 전에 죽은 자들의 넋을 잘 달래서 하늘로 올려 보내는 천도제나 제령술 같은 걸 했던 게 아닌 거요?"

"내가 왜?"

단호함마저 느껴지는 조준의 말에 악영인이 당황해서 말을 더듬거렸다.

"그, 그러니까 본래 당신 같은 술사들이 막 종이나 방울 같은 걸 흔들면서 그러는 건……."

"나는 무당이 아니다. 제령술이나 천도제 같은 건 지내지 않아."

"…그럼 뭘 한 거요?"

"부근에 죽은 자들이 남긴 영혼의 찌꺼기를 모아서 내가 모시는 대신한테 바쳤다."

"왜 그런 짓을 한 거요? 아니, 그보다 그거 사교에서 하는 짓이지 않소?"

"인신 공양도 하지 않는데 무슨 사교를 운운하는 것이냐? 어차피 죽은 자들이 남긴 영혼의 찌꺼기는 그냥 놔두면 한나 절이 가기 전에 자연 소멸한다. 그걸 재활용하는 것은 그리 나쁜 일이 아니다."

'나쁜 일 같은데?'

악영인이 입을 벌려 말하지 않았으나 얼굴에 그대로 마음 이 드러났다. 노골적인 불신의 기운을 풀풀 뿌리고 있었다. 손에 평소처럼 장창이 들려져 있었으면 눈앞의 조준을 한 차 례 찔러 버렸을지도 모르겠다. 적어도 현재의 심정은 그랬다.

그러자 조준이 어깨를 한차례 으쓱하고 변명하듯 말했다.

"북천음도를 주재하는 대신의 도움을 얻자면 어쩔 수 없었다."

"그 북천 뭐시기라 불리는 대신에게 어떤 도움을 얻으려는 건데요?"

"관제묘에서 개방 거지들을 죽인 자들의 행적을 찾을 수 있 지."

"그런 일이 가능하다는 거요?"

"가능하다."

"이상하구려. 그런 좋은 기술이 있으면서 어찌 작은할아버 님이 계신 곳은 모르는 것이오?"

"그건 그분도 명왕종과 관계가 있기 때문이다."

"아! 그럼……."

"그쪽이 생각하는 대로다. 나는 작은할아버님을 좋은 의도로 찾으러 온 건 아니다."

"…그 이상은 명왕종 내부의 일이니 내게 말할 수 없겠구만?"

"그렇다."

'나중에 골치 아픈 일이 벌어질 수도 있겠군.'

비로소 이현이 떠올렸던 걱정을 생각하며 악영인이 고갯짓을 해 보였다.

"그럼 앞장서시오!"

"나는 사냥개가 아니다."

"사냥개로 취급한 게 아니오."

"그럼 뭐로 취급한 거지?"

"나침반?"

"……."

조준이 악영인을 특유의 묘한 눈빛으로 바라본 후 걸음을 옮기기 시작했다.

'나침반 맞네!'

악영인이 입가에 피식 웃음을 매달고 조준의 뒤를 따랐다.

나중엔 어찌 될지는 모르겠지만 지금은 그와 함께한다. 그게 옳은 판단이라고 생각했다.

잠시 후.

악영인과 조준은 청양 시내로 돌아와 있었다.

두 사람이 향하는 장소는 만복상회였다.

현판에 적힌 이름 그대로 만 가지 복이 오길 빈다는 의미의 상회.

이곳은 본래 성원장과 거래를 트고 있었던 포목점 위주의 상회였다. 3대 전부터 청양 시내에 자리 잡은 후 근 백 년간 꾸준하게 손님을 늘려왔다. 일종의 지역 친화적인 상회라고 할 수 있었다.

즉, 청양 포목업종의 전통적인 강자였다.

그래서 근래 악영인이 이끌고 있는 숭인상단과도 서서히 거래를 확대해 가고 있었다. 청양에서는 신생이라 할 수 있는 숭인상단의 입장에서는 사업을 함에 있어서 반드시 안고 가야 하는 상대인 것이다.

악영인이 조준을 곁눈질하며 말했다.

"설마 여기가 거기요?"

"그런 것 같군."

"진짜 그 북천 뭐시기 하는 대신이 그런 말을 한 거요?"

"불쾌하군. 북천음도를 주재하는 대신을 그리 말하다가 급살 맞을 수도 있음을 명심하게!"

"내가 급살 따윌 두려워할 것 같소?"

"두려워하는 게 좋을 걸? 급살이란 건 생각 이상으로 쉽게 찾아오고 막기도 힘들거든."

"됐고! 그보다 여기가 거기가 아니면 어쩔 거요?"

"내 팔 한쪽이면 되겠나?"

"……."

담담한 조준의 말에 악영인이 입을 다물었다. 그러고 보니 명왕종의 제자는 거짓말을 할 수 없다고 했던가?

'이딴 일에 팔 같은 거 걸지 마!'

악영인이 조준에게 내심 버럭 소리 지르고 고개를 끄덕여 보였다.

"들어갑시다."

"그러지."

조준이 대답과 함께 느닷없이 만복상회의 대문을 발로 걸어찼다.

쾅!

그리고 단숨에 박살 난 대문 안으로 뛰어든 그가 가볍게 사방을 향해 손을 휘저어 보였다.

"옴!"

입으로 진언을 외우는 것도 잊지 않는다.

그러자 대문이 박살 난 것과 동시에 사방에서 짓쳐들어오던 복면인 몇 명이 바닥에 나뒹굴었다.

툭! 투툭!

머리통 몇 개가 바닥을 굴러다닌다. 놀랍게도 조준은 만복상회 안으로 뛰어든 것과 동시에 기습한 자들의 목을 잘라 버린 것이다.

그럼 진언은 왜 외운 것일까?

곧 이유를 알게 되었다.

"큭!"

"크아악!"

조준을 향해 곧바로 기다란 삼지창을 들고 찔러 들어오던 청색 무복 차림의 사나이 두 명이 비명을 터뜨렸다. 조준이 외운 명왕종의 진언에 순간적으로 몸이 마비되어 버렸기 때문이다.

'이거 너무 쉬운데?'

조준을 따라서 만복상회로 들어서며 악영인은 내심 고개를 갸웃해 보였다.

개방 청양 분타를 몰살시킨 흉수!

놀랍게도 조준의 말대로 청양 시내에 있는 만복상회에 숨어 있었다. 어쩌면 만복상회를 먼저 점거한 후 개방 청양 분타를 박살 낼 작업에 착수했을지도 모르겠다. 악영인이 아는 만복상회는 개방을 적으로 돌릴 이유도 그럴 만한 힘도 없는 곳이었으니까.

그러니 이곳에 숨어 있던 자들은 필경 무림 세력!

그것도 개방과 적이 되는 것을 두려워하지 않는 독종들일 터였다.

과연 무림에 그만한 세력이 몇이나 될까?

악영인은 몇 군데밖에 떠올리지 못했다.

게다가 그중 절반 이상이 정파 세력이었다. 개방과 척을 질 이유가 없는 곳들인 것이다.

당연히 만복상회에 숨어 있는 자들은 무림의 어둠 속에 기생하는 악의 추종자들이어야 했다. 그 정도 되는 자들이 아니면 이런 일을 벌이지 못하고, 벌일 엄두도 내지 못했을 테니까 말이다.

'그런데 고작 이런 자들 정도라니! 풍운삼개 형들을 숭인상단에 붙잡아둔 게 무색할 정도잖아?'

내심 중얼거리며 악영인이 허리춤에서 장창을 끌러서 사방으로 휘저었다.

투곽! 파파곽!

순간적으로 번뜩인 창날에 그를 노리며 달려든 복면인 다섯 명의 몸이 일렬로 고기산적이 되었다. 단지 몇 차례의 찌르기만으로 다섯 명 모두에게 치명상을 입힌 것이다.

그리고 그때였다.

"조심."

조준의 나직한 경호성과 함께 만복상회 안쪽에서 거센 불꽃이 한 마리 화룡처럼 두 사람을 향해 휘몰아 쳐왔다.

'화약?'

악영인이 미간을 찌푸리며 수중의 장창을 앞으로 내뻗었다.

악가신창술! 비기 맹룡창격풍!

악영인의 장창이 회전을 일으켰다. 그러자 그의 손끝에서 시작된 작은 회오리가 창대로 전달되어 맹렬한 폭풍으로 전이되었다.

그렇게 회오리가 맹렬한 기세로 덮쳐오는 화룡의 불기둥을 향해 짓쳐 들어갔다.

파아아아앙!

맹룡창격풍과 화룡의 불꽃이 부딪치며 고막을 괴롭히는 굉음이 일어났다.

그 정도로 강력한 충돌이었다.

한데, 그때 몇 걸음 앞에 서서 경호성을 발했던 조준이 바람같이 움직였다.

슥!

그가 손을 뻗어서 악영인의 뒷덜미를 낚아챘다.

악영인의 맹룡창격풍과 화룡의 불길이 충돌한 직후!

그 찰나간의 정지 상태에 벌어진 일이었다.

마치 처음부터 일이 이렇게 전개될 것을 알고 있었던 것 같이 말이다.

"어엇!"

덕분에 악영인은 얼떨결에 조준에게 낚아채인 상태로 만복상회를 빠져나갔다.

쾅! 콰콰콰쾅!

뒤이어 연달아 폭발음이 터져 나왔다. 만복상회 내부에서 일어난 화룡의 불꽃이 악영인이 사라지자마자 곧 미친 듯한 화력을 동반한 채 대폭발해 버린 것이다.

"망할!"

악영인이 욕설을 내뱉었다.

바로 코앞에서 개방 청양 분타를 몰살시킨 흉수들에 대한 정보 모두가 날아가 버렸다. 울화가 치밀어 오르는 것도 무리는 아닐 터였다.

조준이 담담하게 말했다.

"대신께 감사해라."

"뭐?"

악영인이 짜증난 표정으로 고개를 돌려 노려보자 조준이

태연하게 말했다.

"대신께서 경고를 해주셨기에 화마의 흉으로부터 살아남을 수 있었다. 대신께 감사해야 하는 게 마땅하지 않느냐?"

"그 대신 때문에 죽을 뻔했던 건 아니고?"

"어째서 대신 때문에 죽을 뻔했다는 거지?"

"이곳으로 우릴 데려온 게 대신인지 뭔지의 인도 때문이잖소?"

"대신께서 우릴 인도한 게 아니다."

"그럼 누가 우릴 이곳으로 데려온 건데?"

"나다."

"뭐?"

"내가 대신이 내려준 신탁을 잘못 해석한 것이다. 그러니 너는 내게 분노하면 된다."

'정말 정직하긴 오지게 정직하네! 이런 말은 하지 않아도 되는데…….'

악영인은 조준을 바라보며 속에서 들불처럼 끓어오르고 있던 분노가 점차 가라앉는 걸 느꼈다.

생각해 보면 조금 전 그는 생사의 기로에 봉착한 상태였다.

엄청난 양의 화약이 만들어낸 화룡의 불꽃!

얼떨결에 맹룡창격풍을 펼쳐서 방어에 나서긴 했으나 그저 언 발에 오줌 누기나 다름없었다. 저만한 대폭발 속에서 목숨을 건진다는 건 결코 쉽지 않았을 터였다.

'…그러니 또 신세를 진 셈인가?'

내심 고개를 절레절레 흔들어 보인 악영인이 퉁명스럽게 말했다.

"그럼 우린 이제 공동묘지에 가야 하는 거요?"

"공동묘지엔 왜 가느냐?"

"당신이 신탁인지 뭔지를 받으려면 다시 공물 같은 걸 대신한테 바쳐야 하지 않겠소?"

"뭔가 착각했군."

"뭘 착각했다는 거요?"

"대신께서는 입맛이 까다로우시다. 오래되어 흩어질 대로 흩어진 백 따위는 공물로 받지 않으신다."

"그럼 어찌하자는 거요?"

"다른 쪽에서 도움을 받아야지."

"다른 쪽?"

악영인이 눈살을 찌푸렸을 때 갑작스러운 만복상회의 대폭발에 놀라 모여든 사람들을 헤치고 일단의 거지들이 나타났다. 악영인이 한동안 움직이지 말라고 신신당부했던 풍운삼개가 상당한 숫자의 거지들을 이끌고 모습을 드러낸 것이다.

선두에 선 장팔사모 장오를 보고 악영인이 손을 흔들어 보였다.

"장오 형, 오셨수?"

"무산 형제, 어찌 된 일인가?"

"그게……."

악영인이 뭐라고 설명할지 고민하는 동안 조준이 불쑥 장오에게 걸어가 말했다.

"이곳에 있던 자들이 개방 청양 분타의 혈사를 일으켰다."

'…오! 저렇게 말하면 되는구나!'

악영인이 간단명료한 조준의 말에 내심 감탄했다. 그때 조준이 첨언했다.

"그리고 너희들 중에 그들과 내통한 배신자가 있다!"

'곧바로 그렇게 나오기냐!'

악영인이 얼른 조준에 대한 감탄을 거둬들였다. 그가 내뱉은 말이 여기 모인 개방 거지들을 완전히 뒤집어 놓을 게 뻔했기 때문이다.

과연 현재 청양 일대 개방도의 우두머리인 장오의 얼굴에 차가운 기운이 떠올랐다.

"그 말 책임질 수 있나?"

"물론이다."

장오가 악영인을 바라봤다.

"무산 형제, 이자와는 어떻게 되는지 물어도 될까?"

"일단은 내 생명의 은인이우."

"생명의 은인?"

"예, 그러니 그의 신분은 당분간 숭인상단에서 책임지도록 하겠수다."

"그래, 알겠다."

평소보다 조금 차갑게 대답한 장오가 조준을 잠시 바라보고는 개방도들을 이끌고 떠나갔다. 개방도들 사이에서 조준에 대한 노골적인 적의가 흘러나왔으나 장오가 눈짓을 하자 곧 잦아들었다.

본래 분타주 위풍걸개가 살아 있을 때도 청양 인근의 거지들은 모두 풍운삼개의 대형인 장오를 존경하고 있었다. 이제 위풍걸개가 죽은 이상 감히 그의 권위를 거역할 자가 있을 리 만무했다.

몰려왔을 때보다 빨리 떠나가는 개방 거지들을 바라보며 악영인이 탄식했다.

"개방과 완전히 척을 짓게 되어버렸구나!"

조준이 질문했다.

"왜 개방과 척을 지게 되었다는 거냐?"

"그걸 몰라서 묻는 거요?"

"모른다."

당당한 조준의 말에 악영인이 손바닥으로 이마를 짚은 채 끙끙대다 말했다.

"관제묘에서 당신이 했던 말을 내가 잊었다고 생각하는 거요?"

"그렇게 네가 멍청하진 않을 거라 생각한다."

"그렇소! 나는 멍청이가 아니오! 그런데 왜 내가 풍운삼개를 만났을 때 관제묘의 혈겁에 내부인이 개입되어 있다는 걸 말하지 않았겠소?"

"그건……."

"그건 개방 내부의 문제인 까닭이었소! 타인이 절대 끼어들어선 안 될 방파 내부의 내규 말이오! 당신도 명왕종이란 종파에 속한 제자이니 문파 내부의 문제가 밖으로 퍼지는 걸 꺼려 한다는 걸 알지 않소!"

"…명왕종의 내부 문제는 결코 밖으로 퍼지지 않는다. 그러니 너의 예시는 부적절하다."

"아휴, 내가 말을 말지!"

가슴을 치면서 대화를 중단한 악영인이 순식간에 잿더미로 변한 만복상회를 바라보며 한숨을 내쉬었다.

"하아! 어렵사리 만든 거래처였는데……."

"우린 이제 어찌해야 하느냐?"

"…당신이 개방을 뒤집어 놔서 그들의 정보력을 이용할 길을 없애 버렸잖소!"

"그래서 이제 어찌해야 하는데?"

"……."

잠시 조준의 평온함 그 자체인 얼굴을 바라본 악영인이 포기한 표정으로 말했다.

"당신, 글공부는 좀 했수?"

"명왕종의 제자는 무식해선 안 된다."

"잘됐구만."

"뭐가 잘됐다는 거지?"

"일이 이렇게 됐으니 한동안 숭인학관에서 지냅시다. 형님은 글공부 잘하는 사람을 좋아하니까 당신도 적당히 받아줄 거요."

"그건 좀 싫은데……."

"형님한테 또 얻어맞을까 봐?"

"…그건 아니다."

"그럼 갑시다. 어차피 이제 다시 당신이 모시는 대신의 힘을 빌릴 수도 없지 않소?"

"……."

잠시 침묵하던 조준이 천천히 고개를 끄덕여 보였다.

第三章

# 역린(逆鱗)이 돋아나다!

　황혼.

　천지가 온통 붉게 물들며 슬슬 날이 저물어가고 있었다.

　평상시와 달리 홀로 공부하고 있던 이현이 청풍채 앞을 지나치던 북궁창성을 손짓해 불렀다.

　"이 사형, 부르셨습니까?"

　"목 소저는 안심시켜 드렸냐?"

　"목 소저는 총명하신 분입니다."

　"어디까지 눈치채셨지?"

　"저를 의심하시는 것 같습니다."

"북궁 사제를?"

이현이 의아한 표정으로 바라보자 북궁창성이 입가에 씁쓸한 고소를 매달았다.

"목 소저는 근래 청양에서 벌어지고 있는 분란의 주체가 저와 북궁세가라 생각하고 계신 것 같습니다."

"그거 잘됐군!"

"예?"

'아차!'

자신도 모르게 본심이 튀어나온 이현이 얼른 얼버무렸다.

"목 소저가 의심만 할 뿐 북궁 사제를 흉수로 특정 짓지 않은 게 다행이란 거야. 목 소저가 직접적으로 북궁 사제에게 경고의 말을 하진 않은 게 아닌가?"

"그렇긴 합니다만… 이번 일로 저는 목 소저의 눈 밖에 난 것 같습니다."

"본래 사나이가 가는 길에는 한 자루 장검과 한 병의 술, 흉금을 터놓을 수 있는 친구 한 명이면 족한 법이야. 설혹 목 소저가 북궁 사제를 오해한다 해도 내가 있으니 크게 걱정할 필요는 없을걸세."

"……."

여전히 석연찮은 표정을 짓고 있는 북궁창성의 얼굴을 살핀 이현이 화제를 바꿨다.

"그런데 북궁 사제, 근래 몸은 어떤가?"

"이 사형이 꾸준히 내공으로 치료해 주셔서 건강이 많이 회복되었습니다. 수일 전부터는 절맥증으로 인한 가슴 통증과 토혈도 하지 않게 되었습니다."

"잘됐군. 그럼 이제부터는 본격적인 치료에 들어갈 수 있겠어."

"본격적인 치료요? 그럼 지금까지 하신 건……."

"일종의 그릇을 만드는 일이었달까?"

"…내공이 상승지경에 오르기 위해 먼저 단전에 단단한 토대를 쌓는 것과 비슷한 의미로군요?"

"뭐, 그런 거지."

이현은 북궁창성이 바로 자신이 하는 말을 이해하자 내심 고개를 끄덕여 보였다. 과연 천하제일세가의 후손답다.

구대문파를 제외하면 정파 최고라 할 만한 가문이 바로 서패 북궁세가였다. 당연히 내공심법 역시 극상이었다.

어려서부터 병약하긴 하나 무공에 관심이 많았던 터라 북궁창성은 북궁세가의 무공에 정통해 있었다. 육체적으론 익히지 못해도 이론적인 지식은 완벽하게 체득했기에 이현이 한 얘기를 바로 알아들을 수 있는 것이다.

이현이 말을 이었다.

"그래서 이제부터 북궁 사제는 내 내력을 받아서 진기도인에 들어가야만 해. 북궁세가의 내공심법을 이용해서 스스로 절맥증을 치료하는 단계에 들어서는 거야."

"그 말씀은⋯⋯."

잠시 감정의 격동으로 인해 목이 메었던 북궁창성이 한차례 심호흡과 함께 말을 이었다.

"⋯제가 내공을 익힐 수 있게 되었다는 뜻입니까?"

"내공을 익힐 수 있는 몸이 되었음은 물론이고, 한동안 아주 빠르게 진전을 보여야 할 필요성이 있어. 내가 그걸 도와줄 거고 말야."

"시험공부만으로도 힘드실 텐데⋯⋯."

"힘들지! 아주 힘들지!"

"⋯⋯."

"하지만 본래 병을 치료하고, 무공의 토대를 쌓는 일에는 모두 때가 있는 법이야. 지금 북궁 사제의 내공 토대를 단단히 만들어 놓지 않는다면 절맥증을 완치시킬 시기를 놓칠 수 있어. 그래서 말인데 오늘 밤부터 북궁 사제가 수련하는 장소에 나도 나갈 거야."

"예?"

"그렇게 볼 거 없어. 몸이 좋아지기 시작한 후부터 북궁 사제가 다시 북궁세가 무공 연마를 재개했다는 건 진작부터 알고 있었으니까."

"죄, 죄송합니다. 사형을 속이려는 건 아니었습니다."

"뭐, 몸이 근질근질했을 테지. 절맥증 때문에 빼어난 무공 재능을 가졌으면서도 여태까지 백면서생으로 살아야 했을 테니까."

"……."

"하지만 앞서 얘기했다시피 치료 중에 함부로 몸을 굴리면 자칫 큰 문제가 생길 수 있어. 뭐, 북궁 사제의 재능이나 현재 몸속에 쌓여 있는 온갖 종류의 약력을 생각하면 그럴 가능성은 극히 드물겠지만. 어찌 됐든 그렇게 알고 수련장으로 가기 전에 항상 청풍채로 찾아오도록 해!"

"예, 알겠습니다. 그럼 지금 출발하시겠습니까?"

"바로 갈 생각을 하고 있었어?"

"예."

"그럼 가자."

이현이 자리에서 일어서자 북궁창성이 앞장섰다. 이현에게 희망적인 얘기를 들어서인지 평소보다 훨씬 발걸음이 가볍다. 곧 자신에게 닥칠 지극한 고난을 그는 아직 전혀 예상치 못하고 있었다.

\*       \*       \*

타탁!

"크윽!"

손목을 목검에 얻어맞은 북궁창성이 나직한 신음과 함께 목도를 놓쳤다.

피이잉!

그의 손을 떠난 목도가 하늘로 날아올랐다가 한참 떨어진 곳에 떨어져 내렸다.

"내력을 운기하는 법이 틀렸다."

"죄송합니다! 다시 한 번만 부탁드리겠습니다!"

북궁창성이 퉁퉁 부은 손목도 개의치 않고 신형을 날려서 목도를 주워왔다.

미약하긴 하나 유성삼전도의 움직임.

속도는 형편없으나 운신의 묘와 변화는 다름이 없다.

이현이 잔소리하듯 말했다.

"느려도 상관없다! 반드시 호흡과 내공심법의 흐름을 일치시키고, 동작의 정형성을 지켜야만 해!"

"허억! 허억! 예, 그리하겠습니다!"

역시 그에게 유성삼전도는 아직 무리였다.

잠시 펼친 것만으로도 북궁창성의 호흡은 거의 폭발 직전이었다. 이현이 말한 대로 억지로 북궁세가의 비전무공과 미약한 내공의 흐름을 일치시키려 한 대가였다.

하지만 이현은 그런 것에 신경 쓰지 않았다.

슥!

그가 목검을 들어 올리며 말했다.

"자세 잡고!"

"옙!"

"공격 들어간다!"

타닥!

"으핫!"

다시 북궁창성의 목도가 하늘로 날아올랐다. 그동안 죽어라 연마한 창파도법의 변화를 채 3초도 보이지 못한 채 이현의 목검에 분쇄당해 버린 것이다.

그러자 이번엔 이현의 명령이 없는데도 북궁창성이 유성삼전도를 펼쳐서 목도를 회수해 왔다.

호흡 역시 여전히 거칠다.

그러나 이현은 문득 입가에 흐릿한 미소를 매달았다.

'과연 북궁 사제는 문일지십(聞一知十), 아니, 문일지백(聞一知百) 정도는 되는 인재로구나! 종남파의 멍청한 남운 녀석과는 달라도 너무 달라! 벌써 내 말의 요체를 깨닫고 북궁세가의 내공심법과 절기를 일체화시키고 있으니 말야! 하긴 대대로 북궁세가의 후손들은 섬서성 굴지의 무공 재능을 타고 나는 걸로 정평이 나 있었으니……'

문득 탐심이 일었다.

눈앞의 북궁창성을 어떻게든 잘 구슬려서 종남파에 입문시켜서 진짜 자신의 사제… 아니, 사부가 돌아가셨으니 그건 안 되고, 제자로 만들고 싶다는 생각이 들었다. 그렇게만 된다면 십 년 이내에 종남파는 또 한 명의 마검협을 얻게 될지도 몰랐다. 물론 말도 안 되는 일이란 걸 이현은 잘 알았다.

상대는 당금 천하제일세가라 불리는 북궁세가 가주의 둘째 아들이다.

그리고 북궁세가가 천하 사패 중에서 독보적인 위치를 점하게 된 건 전대부터 이어진 화산파와의 인연이 크게 작용했다. 당금 천하제일인 운검진인과 전대 북궁세가의 천하제일도 북궁휘는 무림에 드물 정도로 독특한 친분을 유지하고 있었다. 의형제이자 사제지간의 연을 맺었던 것이다.

당연히 화산파와 북궁세가는 아직까지 무척 관계가 돈독했다.

종남파만 빼놓고 자기들끼리 섬서성에서 대장 놀이를 아주 잘하고 있었다. 종남파 제자인 이현의 편향된 시선이 살짝 들어가긴 했으나 세인들의 평판 역시 크게 다르진 않았다.

그래서 이현은 그동안 북궁창성을 보면서 무척 큰 심적인 갈등을 느꼈다.

그에게 한 약속 때문이다.

절맥증을 치료해 주겠다는 약속!

물론 지키지 않겠다는 건 아니다. 정파 협객이라기보다는 마협에 가깝지만 이미 한 약속이다. 목숨을 내놓는다 해도 지킬 것은 지켜야만 했다.

단! 이현은 시일을 못 박지 않았다.

죽기 전까지만 북궁창성의 절맥증을 치료해 주면 되는 것이다.

그렇게 처음엔 느긋하게 생각했다.

하지만 숭인학관에서 목연의 가르침으로 공맹을 비롯한 성현의 도리를 깨우치는 동안 이현은 생각이 바뀌었다.

본래 유교의 성현들에겐 원초적인 혐오감이 있었으나 맹자가 논한 호연지기가 무인의 호협과 맞닿아 있다는 걸 알게 되었다. 공자가 본래 천하 대장군의 자손이며, 구척장신에 큰 칼을 차고 다니는 검객이었다는 사실도 알게 되었다.

게다가 그는 얼마나 자신의 아우 같은 제자 자로(중유)를 좋아했던가!

자로는 공자보다 고작 아홉 살밖에 어리지 않았는데, 사마천은 사기에서 그의 성질이 거칠고 용맹을 좋아하며 심지가 굳었다고 적었다.

즉, 자로 역시 호협의 인물이었던 것이다.

왜 아버님은 검에 홀려 있던 어린 아들에게 그 같은 사실을 말해주며 타이르지 않았던 것일까?

만약 당시 그런 사실을 부친 이정명에게 따뜻하게 가르침 받았다면 이현은 이가장에서 도망치지 않았을지도 모른다. 현재와는 완전히 다른 삶을 영위하고 있었을지도…….

'개뿔! 그런 일은 있을 수가 없지! 나에게! 어떻게 되든 나는 강호의 협객이 되기 위해서 이가장을 탈출했을 거야!'

내심 고개를 가로저으면서도 이현은 목연의 가르침으로 접한 성현들의 일화를 통해 생각이 바뀐 걸 부인하지 않았다. 북궁세가에 대한 편협한 생각을 버리고 있는 그대로 사제 북궁창성을 대하게 된 것이다.

그래서 이현은 그 뒤 사제 북궁창성의 절맥증을 전심전력으로 치료했고, 오늘에 이르렀다.

이렇게 몇 달만 더 치료에 전념하면 북궁창성의 몸속에 태어날 때부터 잠재되어 있던 만성독약은 깨끗이 사라질 터였다. 그로 인해 뒤틀렸던 십이정경과 기경팔맥의 절맥 경화 현상 역시 자연스럽게 해소될 것이고 말이다.

그러나 이현은 근래 신마맹과 관련된 다양한 혈겁을 경험하고 북궁창성의 치료를 앞당겨야겠다고 마음먹었다.

조금 더 정확히 말하자면, 오늘 그렇게 결정했다.

숭인학관에까지 마수를 뻗쳐온 신마맹으로 보이는 암중 세력의 발호가 심상찮았다.

자칫 이현이나 악영인이 부재한 사이 숭인학관과 목연이 위험에 처할 수도 있게 된 것이다.

'게다가 명왕종까지 모습을 드러냈다! 이건 정말 심상찮은 일이라고 할 수 있어!'

명왕종!

과거 이현이 출종남천하마검행 당시 가장 깊은 인상을 심어준 미지의 종파였다. 대막의 거친 황야를 헤매다 죽음 직전에까지 이른 이현의 목숨을 구해준 명왕종의 술사는 미증유의 힘을 가지고 있었다. 당시의 이현으로선 감히 내재된 힘이 어느 정도인지 가늠조차 할 수 없을 정도의 강력한 모습을 보였다.

그래서 이현은 도전했다.

생명의 은인에게 노골적으로 승부를 요청했다.

자신이 간파하지 못한 명왕종 술사의 힘을 직접 상대해 보고 싶다는 젊은 혈기였다.

그러나 그의 젊은 혈기는 거절당했다.

아니, 무시당했다.

명왕종의 술사는 묘한 미소와 함께 이현에게 설익었다고 말했다. 그리고 중원제일인이 된 후 대막으로 다시 찾아오라 했다. 그땐 상대해 줄 의향이 있다고 했다.

'그런데 갑작스레 명왕종의 제자가 직접 중원으로 찾아올 줄이야! 조준이라고 했던가? 그 설익은 술사 녀석이 찾는다는 작은할아버지가 그 사람인 건 아닐 테지?'

모르겠다!

그게 이현의 솔직한 심사였다!

명왕종과 관계된 일은 꽤나 오랫동안 그의 내심 깊숙한 곳에 자리 잡은 일종의 역린 같은 것이었다. 이제 와서 갑자기 돋아난 역린을 보고 어찌해야 할지 조금 혼란스러워졌다.

그게 이현의 마음을 조급하게 만들었다.

그래서 애초의 계획과 달리 북궁창성의 절맥증 치료를 앞당기고 무공 수련 역시 병행하게 만들었다.

이미 훌륭한 내공의 토대를 몸속에 지니고 있는 북궁창성의 잠력을 폭발시켜서 절맥증 치료와 무공 증진을 동시에 이룩하게 만들려 하는 것이다.

물론 이것은 굉장히 위험한 짓이었다.


방문좌도나 사마외도의 사악한 마공!


보통 명문정파의 인물들은 그렇게 폄하하고, 멸시하고, 멀리하려 한다.

그만큼 엄청난 위험을 동반했다. 자칫 잘못하면 도움을 주는 자나 받는 자 양쪽 모두가 주화입마에 빠지기 쉬운 방법이라 할 수 있었다.

그러나 이현의 생각은 달랐다.

그는 이러한 정파인들의 생각을 무학에 대한 깨달음이 부족하고, 내공이 미약한 자들의 편견이라고 여겼다.

시전자의 무공이 천의무봉의 경지에 올라 있고, 피시전자의 내공 토대가 훌륭하다면 그다지 위험하지 않은 일이라는 확신이 있었기 때문이다.

그도 그럴 것이 대개 정파의 무공은 사마외도나 마도사파와 달리 내공의 진보가 느린 대신 안정적이다. 넓고 큼직한 대로를 걸어가는 대신 높고 거친 산을 빙 둘러가는 것이나 다름없었다.

그래서 정파에서도 명문이라 불리는 문파나 세가에서는 어렸을 때부터 자파의 기재나 자손에게 꾸준히 영단묘약을 복용시킨다.

나이가 들수록 굳어지고 막히는 십이정경과 기경팔맥의 경화를 늦추고, 내공을 쌓는 토대를 군건히 다지기 위한 사전 정비 작업이었다.

거기에 이현은 착안(着眼)했다.

이현과 북궁창성은 모두 어렸을 때부터 위와 같은 방법으로 다른 사람보다 훨씬 빠르고 강력한 내공의 토대를 구축했다. 삼십 대 중반의 나이에 천하무적의 고수가 된 이현과 달리 북궁창성은 병약한 몸으로 인해 복용한 영단묘약의 약력 대부분을 소실해 버렸지만 말이다.

하지만 이현은 그동안 강력한 내공의 힘으로 북궁창성의 절맥증을 치료했고, 아직 몸속에 남아 있는 영단묘약의 효능을 잠능으로 내재시켰다.

십이정경과 기경팔맥에 은은하게 자리 잡게 해서 후일 절맥증이 완치된 후 본격적으로 내공 수련에 들어갈 시 폭발적인 진보를 이룰 수 있게 만든 것이다.

물론 이건 어디까지나 후일에 벌어질 일이었다.

적어도 몇 년이 지난 후로 북궁창성의 완치 시기를 잡고 있었기 때문이다.

'그러나 상황이 바뀌었고, 오늘부터 나는 북궁 사제를 마구 몰아붙일 것이다! 그의 잠능 속에 그동안 잠재시켰던 영단묘약의 효능을 빠르게 폭발시켜서 절맥증의 완치를 앞당기고, 무공의 진보 역시 꾀하는 것이지!'

다시 얘기하지만 명문 정파에서는 위험성 때문에 외면하는 방법이다. 이현 같은 초고수가 없고, 북궁창성 같은 인재 역시 드물기 때문이다.

달리 말하면 현재 이현과 북궁창성은 그 모든 게 절묘하게 갖춰져 있다고 할 수 있었다. 적어도 이현은 그렇게 생각했다. 자기 자신의 능력과 북궁창성에 대한 강력한 믿음이 있었기에 가능한 결단은 그렇게 내려졌다.

그렇게 생각을 정리하면서 이현이 다시 목검을 휘둘렀다.

타닥! 탁!

"큭!"

신음을 흘린 북궁창성이 이번에는 용케도 목도를 떨구지 않았다.

이현이 인정한 천하의 기재답달까?

그는 어느새 이현의 목검이 노리고 파고드는 궤적에 익숙해져 가고 있었다. 자신이 펼치는 창파도법의 허점을 교묘하게 파고드는 그의 목검에 호흡과 내공의 흐름을 맞추어 가기 시작한 것이다.

'역시 쓸 만한 놈이란 말이야!'

이현이 내심 고개를 끄덕이며 목검의 움직임을 변형시켰다.

따닥!

"크헉!"

북궁창성의 목도가 이번엔 바닥에 처박혔다. 그리고 북궁창성은 처음으로 한쪽 무릎을 바닥에 꿇었다. 이현이 변형시킨 목검의 궤적에 완전히 당해 버렸기 때문이다.

이현이 무심하게 말했다.

"하늘을 보거라! 대기의 변화가 항상 일정하더냐?"

"그, 그렇지 않습니다……."

"그럼 어째서 항상 모든 것이 일정할 거라 생각하는 것이냐?"

"……."

"억울할 것이다. 자신은 전혀 그렇게 생각하지 않았다는 생각이 앞서겠지."

"……."

"하지만 그런 마음을 버려라! 의문도 버려라! 그저 내 목검의 변화에 모든 초점을 맞추고 본능에 따라서 목도를 휘둘러야만 한다!"

"명심하겠습니다!"

"좋아."

이현이 고개를 끄덕여 보이자 북궁창성이 얼른 목도를 들고 자세를 취했다.

보통 잘나가는 세가나 무가의 자제들은 자질은 좋지만 기질이 약하다. 혹독한 수련을 참아내지 못하고 엇나가는 일이 많다. 태생부터가 금수저를 입에 물었기에 어쩔 수 없는 일이다.

그런 점에서 눈앞의 북궁창성은 다르다.

어려서부터 병약했기에 무학에 대한 열망이 높다.

뛰어난 재능과 의지, 열망을 두루 갖췄다.

참 좋은 인재다!

진심으로 탐이 난다!

그러나 가질 수 없기에 이현은 더욱 모질게 마음을 먹었다. 아주 객관적이고 냉철한 교관이 되어서 북궁창성을 자기가 원하는 대로 다루기로 작심한 것이다.

*        *        *

'나쁜 놈! 죽일 놈! 몹쓸 놈! 나중에 혼인도 하지 못하게 고자나 되어버려라!'

소화영은 발을 동동거리며 속으로 이현을 욕했다.

절대 입 밖에는 내지 못할 막말을 거침없이 쏟아냈다.

그럴 수밖에 없다.

초저녁부터 시작된 두 사람의 연무.

야반삼경이 다 된 지금까지 계속되고 있었다.

사실 저게 무슨 연무인가?

그냥 일방적인 구타지!

이현은 계속 목검을 휘둘렀고, 그때마다 북궁창성은 비참한 꼴로 바닥을 나뒹굴었다. 저 잘생긴 얼굴이 어느새 멍투성이다. 항상 정갈하던 옷차림 역시 완전히 구겨지고 더럽혀졌다. 마치 흙탕물 속에서 항상 굴러다녀야 했던 북궁세가의 하급무사 시절의 자신처럼 말이다.

그게 소화영의 마음을 찢어지게 했다.

고통스럽게 했다.

그녀에게 있어 북궁창성은 태양 그 자체!

절대 자신의 과거처럼 더럽혀져선 안 될 존재였다. 항상 밝고 아름답고 고귀하게 그 자리에 머물러 있어야만 했다.

그래서 소화영은 몇 번이나 달려가려 했다.

이현에게 달려들어서 그의 얼굴을 잔뜩 쥐어뜯으며 북궁창성을 더 이상 괴롭히지 못하게 하고 싶었다.

그러나 그녀는 그럴 수 없었다.

북궁창성!

어느 때보다 강렬하게 빛나고 있는 그의 눈빛.

결코 굴하지 않을 것 같은 그의 기상이 그녀의 행동을 가로막았다. 그녀가 알던 어느 때보다 그는 빛나고 있었던 것이다.

그때 안절부절못하고 있는 소화영의 뒤로 은야검이 다가왔다.

"사매, 이만 교대하도록 하지."

"아! 사형······."

소화영이 은야검을 돌아보며 내심 자책했다. 북궁창성에게 몰입해 있느라 무공이 절반 이상 깎인 은야검이 접근하는 것도 파악하지 못했기 때문이다.

은야검이 말했다.

"고된 하루였어. 지금부터는 내가 북궁 공자님의 호위를 맡을 테니까 사매는 눈이라도 조금 붙이도록 해."

"…괜찮아요. 사형이야말로 힘드실 텐데 쉬도록 하세요."

'여전히 날 걱정해 주는구나! 화영 사매의 이 깊은 은의를 내가 어떻게 갚을 수 있을지 모르겠구나!'

은야검은 내심 소화영에게 감격하며 고개를 가로저었다.

"아니, 사매는 이만 가보는 게 좋을 것 같아. 목 소저의 곁에도 사람이 한 명쯤은 있어야 하니까."

"아! 맞다! 목 소저의 곁에 사형은 가까이 가기가 좀 그렇겠네요?"

"과거처럼 은신술을 발휘해서 몰래 보호하긴 힘들어졌으니까……."

'에휴! 내 생각이 짧았구나! 이것도 다 저 망할 이 공자 때문이야! 북궁 공자님을 괴롭히는 것도 정도껏 해야지!'

내심 다시 화살을 이현에게 돌린 소화영이 천천히 고개를 끄덕여 보였다.

"알겠어요. 그럼 제가 목 소저의 호위를 맡도록 할게요."

"…눈도 좀 붙이고."

"제 걱정은 하지 마시고 사형은 북궁 공자님의 호위에나 신경 쓰세요. 혹시 이 공자가 북궁 공자님한테 위해라도 가하면 반드시 절 부르시고요."

"이 공자님이 어찌 북궁 공자님한테 위해를 가하겠느냐?"

"사람 일이란 건 모르는 거잖아요."

"그렇긴 하다만……."

은야검의 부정적인 표정을 본 소화영이 내심 고개를 가로 저었다. 그에게 북궁창성을 맡기고 떠나는 게 왠지 믿음직스럽지 않게 여겨졌기 때문이다.

한데, 그때 두 사람이 있는 쪽으로 악영인이 모습을 드러냈다.

움찔!

움찔!

은야검과 소화영이 거의 동시에 몸을 경직시켰다. 그 정도로 악영인의 등장은 갑작스러웠고, 위압적이었다. 그의 전신에서 기묘한 살기가 감돌고 있었는데, 두 사람의 전신을 순간적으로 꽁꽁 얼어붙게 만들었다.

아니다.

그들을 경직시킨 건 악영인이 아니었다.

악영인에게서 삼 보 가량 떨어져 따르고 있는 독특한 기질의 사나이.

조준.

그가 은야검과 소화영을 얼어붙게 만든 장본인이었다. 그에게서 일어난 기묘한 기운을 견디지 못하고 두 사람 모두 온몸이 마비되어 버린 것이다.

잠시뿐이었다.

곧 은야검과 소화영은 마비에서 벗어났다. 맨 처음 느꼈던 기묘한 살기 역시 흔적도 없이 사라졌다. 마치 그런 기운 따위는 처음부터 존재하지 않았다는 듯이 말이다.

'뭐, 뭐지?'

'도대체 무슨 일이……'

소화영과 은야검이 당혹한 표정으로 서로를 돌아보는 동안 악영인이 두 사람을 향해 손을 흔들어 보였다.

"여어! 두 사람, 달밤에 뭐 하는 거야?"

"……"

"뭐야? 혹시 그런 건가? 우후훗!"

갑자기 탁월한 미모에 어울리지 않게 음흉한 웃음을 터뜨리는 악영인을 향해 소화영이 왈칵 화를 냈다.

"악 공자, 그게 무슨 소리예요!"

"이런, 내가 괜한 참견을 했군. 미안하게 되었으니 계속 하던 짓… 아니, 일 마저 하시오!"

"으아아!"

얼른 자신이 할 말만 하고 걸음을 재촉하는 악영인을 바라보며 소화영이 울분 어린 표정으로 소리쳤다. 발그레해진 얼굴이 된 은야검의 얼굴 따윈 살피지 못하고 그렇게 분노를 쏟아 냈다.

덕분에 두 사람은 악영인의 뒤를 조용히 따르는 조준에게서 느꼈던 기묘한 살기와 마비 증상을 잊고 말았다. 순간적인 착각이나 이상 감각 정도로 치부해 버린 것이다.

*　　　　　*　　　　　*

"그만! 오늘은 여기까지만 하자."

이현이 수중의 목검을 내려뜨리며 말하자 북궁창성이 당장에라도 폭발할 것 같은 호흡을 몰아쉬었다.

"허억! 허억! 허억!"

이현이 말했다.

"쉴 때도 호흡에 주의하도록! 애써서 몸속에 용해된 잠능을 끌어냈는데, 입 밖으로 나가게 해선 안 되잖아!"

"흐읍!"

북궁창성이 얼른 입을 다물었다.

거친 숨결을 억지로 거두어들이고 몸속의 잠능과 하나가 되도록 진기도인하는 데 집중했다.

'햐아! 이러다 나, 나중에 제자 하나 못 만드는 거 아닌지 모르겠네! 이렇게 가르치는 게 쉽다니! 종남파에서 상상도 못 했던 일이잖아!'

다시 이현의 뇌리에 남운이 떠올랐다.

참 성격 좋은 놈!

의리도 있고, 기질도 순후한 게 딱 정파에 어울린다.

하지만 북궁창성을 조금 가르쳐 보니, 같은 문파의 제자인 남운이 꼴도 보기 싫었다. 그를 조금 가르쳐 보다가 학을 뗐던 일이 떠올랐기 때문이다.

그렇게 이현이 종남파의 암울한 미래를 떠올리며 내심 고개를 가로젓고 있을 때 악영인이 등장했다. 생각보다 빨리 조준과 함께 숭인학관으로 돌아온 것이다.

"형님! 형님!"

"네 형님 어디 가지 않으니까 한 번만 불러라!"

"쳇! 형님은 요즘 왜 이렇게 나한테 차가워진 거유?"

"처음부터 너한테 따뜻했던 적이 없다만?"

이현의 연속적인 냉대에 악영인이 울컥한 듯 잠시 바라보다 갑자기 화살을 북궁창성에게 돌렸다.

"북궁 샌님 녀석아! 네놈이 또 형님을 고생시키고 있었구나! 왜 너는 혼자서 뭘 하지를 못하냐!"

북궁창성은 파김치가 된 상태에서도 악영인을 어처구니없다는 듯 바라봤다.

애초에 고생한 건 이현이 아니라 북궁창성이었다.

굳이 자세히 살피지 않아도 이현은 땀 한 방울 흘리지 않았고, 북궁창성은 거의 혼절 직전임을 알 수 있을 터였다.

그런데 이렇게 말도 안 되는 누명을 씌우다니!

본래 악영인을 못마땅하게 생각했던 북궁창성이 목도를 쥔 손에 힘을 가한 채 앞으로 나섰다. 그리고 차갑게 말한다.

"북궁가의 창성이 악가의 무산에게 비무를 신청하겠다!"

"뭐?"

악영인이 북궁창성을 가소롭다는 듯 쳐다봤다. 그가 잠깐 정신이 어떻게 된 것이 아닌지 의심도 간다.

그러나 북궁창성은 진지했다.

여전히 자신을 능멸하는 태도를 견지하고 있는 악영인을 향해 그가 목도를 향했다. 눈이 별처럼 빛난다.

"다시 말하지! 나 북궁가의 창성은 악가의 무산에게 정식으로 비무 요청를 하는 바이다! 설마 같은 사패에 속한 가문의 후예로서 겁이 나서 피하려는 건 아닐 테지?"

"……."

악영인의 눈이 시퍼렇게 타올랐다.

그의 전신에서 노여움의 열기가 은은하게 흘러나왔다.


천하 사패!


과거의 영명이다.

무림을 절반쯤 뒤집어놨던 대종교의 난을 거치면서 사패는 천하제일가인 서패 북궁세가와 나머지 삼패로 나뉘게 되었다. 과거 같은 압도적인 역량을 무림에 발휘할 수 없는 이름이 된 것이다.

그래서 악영인이 속한 산동악가에서는 꽤나 오래전부터 북궁세가에 대한 평가가 좋지 못했다. 관부와 관계가 깊은 산동악가의 특성으로 인해 대종교의 난 때 북궁세가의 활약을 지켜봐야만 했던 것을 무척 분해하는 분위기였다.

그런 이유로 악영인 역시 북궁세가에 대해선 그리 좋은 감정이 없었고, 숭인학관에서 만난 북궁창성에게는 더욱 그러했다.

그런 말이 있잖나?

주는 것 없이 미운 놈 있다고!

악영인에게는 북궁창성이 그랬다. 이현이 북궁창성과 함께 공부하는 모습을 볼 때마다 마음속 한쪽 구석이 근질근질해 왔다. 근래 목연과 함께하는 이현을 접할 때 느끼는 감정과 비슷하달까?

그래도 악영인은 참았다.

가슴속에서 치솟는 짜증을 억눌렀다.

북궁창성이 무공을 익히지 못하는 몸이란 걸 알았기에.

그런데 갑자기 이현이 북궁창성의 무공을 지도하기 시작했다. 함께 땀을 뻘뻘 흘리며, 엄밀히 말해서 이현은 전혀 땀을 흘리지 않았지만 함께 대련을 하는 모습을 보자 속이 확 뒤집어지는 걸 느꼈다.

저 자리!

북궁창성이 아니라 자신이 있어야만 했다!

그가 흘리는 땀방울!

그의 초췌해진 안색!

몸에서 풀풀 흘러나오고 있는 땀 냄새!

그 어떤 것도 북궁창성에게 내줄 수 없었다. 모조리 자신의
것이 되어야만 했다.

'그런데 이 망할 놈이 지금 불난 데 기름을 뿌려?'

악영인이 자신도 모르게 시선을 이현에게 던졌다. 그의 의
중을 파악하기 위함이었다.

그러자 이현이 갑자기 손뼉을 친다.

짝!

"재밌겠다!"

"예? 형님!"

"왜?"

"이 녀석, 죽을 텐데요?"

"죽이게?"

"그야……."

악영인이 말끝을 흐리자 이현이 히죽 웃어 보였다.

"죽이지 않으면 되잖아."

"…죽이지만 않으면 됩니까?"

"어. 그리고 한 가지 더!"

'그럼 그렇지!'

이현의 첨언에 악영인이 콧잔등을 살짝 찡그려 보였다. 항상 북궁창성에게 이상할 정도로 관대한 이현이 정말 마음에 들지 않는다.

이현이 말을 이었다.

"지금 북궁 사제는 꽤 지친 상황이니까 내가 뒤에서 내공 보전을 해줄 거야. 두 사람, 여기에 불만 있으면 말해!"

악영인의 두 볼이 빵빵하게 부풀어 올랐다.

"어째서 형님이 북궁 녀석을 도와주는 겁니까?"

"그럼 그냥 싸울래? 이렇게 지친 사람이랑?"

"그런 건 아니지만… 그러면 비무의 심판은 누가 봅니까?"

"저기 있잖아. 심판."

이현의 시선을 받은 조준이 천천히 고개를 끄덕여 보였다.

"심판, 내가 보겠다."

"여전히 말버릇이 나쁘군. 계속 그렇게 나한테 말 짧게 굴다가 맞는 수 있다."

"날 때리겠다는 건가?"

"어. 잔뜩!"

조준이 달빛에 비추인 북궁창성의 시퍼렇게 멍든 얼굴을

보고 다시 고개를 끄덕여 보였다.

"고쳐 보도록 노력하지. 아니, 하겠소."

"그래, 그러는 편이 좋을 거야. 그럼 심판 문제는 해결됐고. 두 사람, 더 문제 있나?"

북궁창성이 말했다.

"이 사형의 뜻대로 하겠습니다."

"좋아. 무산, 너는?"

악영인이 여전히 불만 어린 표정을 숨기지 않은 채 고개를 끄덕였다.

"하겠수! 하면 되잖수!"

"좋아. 그럼 두 사람, 자세 잡아!"

그렇게 악영인과 북궁창성의 첫 번째 비무가 시작되었다. 그리고 이 비무는 훗날 화산파와 종남파의 비검비선대회에 버금가는 서패와 동패의 행사로 자리 잡게 된다.

물론 아직은 아주 먼 미래의 일일 뿐이다.

이현을 사이에 두고 서로에게 감정의 골이 깊은 두 사람!

지금은 그저 상대에게 본때를 보여주고 싶은 감정이 앞설 뿐이었다. 분명 그랬다.

第四章

그냥 여자 아냐?
남장미인 같은 그런 거?

"타핫!"

낭랑한 악영인의 외침과 함께 북궁창성의 손에 들려 있던 목도가 산산조각이 났다.

일도천폭(一刀天爆)!

이현의 내력을 전달받은 북궁창성이 마음먹고 펼친 창파도법의 절초가 악영인의 악가신창술에 분쇄되었다. 일도천폭의 맹렬한 파괴력이 발휘되기 전에 악가신창술 비전 무형쌍호난이 변화의 맥점을 찍어버렸기 때문이다.

그러나 북궁창성은 포기하지 않았다.

스스스슥!

목도를 잃어버린 그의 신형이 순간적으로 분영을 일으켰다. 그동안 미약한 내공 때문에 감히 펼칠 엄두조차 내지 못했던 유성삼전도에 들어간 것이다.

그리고 수중에 남은 목도의 조각을 뿌려낸다.


쇄금비


북궁세가가 자랑하는 비도술이다.

이현의 격공전력을 통해 움직인 한줄기 강대한 진기가 목도 조각에 담긴 채 악영인의 상반신 전체를 뒤덮었다.

겉으로 보이기만 그랬다.

실제로 목도 조각이 노리는 부위는 단 하나!

바로 악영인의 오른쪽 어깻죽지였다.

방금 전 일도천폭을 깨부순 무형쌍호난이 최초 시작된 부근을 북궁창성은 정확히 파악하고 있었던 것이다. 그 맥점이 되는 곳을 노렸다.

움찔!

악영인의 볼살이 가벼운 경련을 일으켰다.

놀라움이다.

북궁창성에게 자신의 악가신창술의 약점을 파악당할 줄은 몰랐기 때문이다.

그러나 그것도 잠시뿐.

퍼퍽!

순간적으로 회전을 보인 악영인의 장창이 북궁창성의 쇄금비를 박살 냈다. 사내답지 않게 가느다란 허리를 철판교처럼 뒤로 접히며 장창을 휘둘러 일순간 드러난 악가신창술의 약점을 보완한 것이다.

그리고 용수철처럼 튕겨진 악영인의 신형!

슈아악!

철판교 상태에서 창대로 바닥을 찍으며 공중으로 떠오른 악영인의 그림자가 일순 달을 가렸다. 달빛을 가릴 정도로 높이 떠올라 북궁창성을 향해 창날을 겨눈 것이다.

"거기까지!"

목청을 높인 건 심판을 맡은 조준이었다.

그러자 거짓말처럼 멈춘 악영인의 창날!

북궁창성의 부릅뜬 미간 바로 앞에 예기를 흘리며 멈춰 있다. 만약 조준이 중간에 소리를 지르지 않았다면 북궁창성의 미간 사이를 꽂았을지도 모르겠다. 그때까지 북궁창성에게 격공전력을 받고 있던 북궁창성은 동의하지 않는 눈치였지만.

슥!

그러거나 말거나 악영인이 창날을 거두자 북궁창성이 한숨과 함께 양손을 공수했다.

"이번 비무는 소생의 패배입니다! 악 소협의 가르침에 감사합니다!"

"이번 비무는?"

"다음번 비무에는 반드시 악 소협을 이길 것이오!"

"하! 다음번에 왜 내가 다시 비무를 할 거라고 생각하는 거지?"

"그건……."

북궁창성이 말끝을 흐리자 이현이 느물거리는 미소를 흘렸다.

"그건 오늘의 승부가 둘 다 만족스럽지 못하기 때문일 테지!"

악영인의 눈매가 매섭게 이현을 향했다.

"형님, 저는 거기서 빼주시우!"

"싫은데?"

"아, 정말!"

"아니면 오늘 내공과 실전 경험이 동등했어도 북궁 사제를 압도할 수 있었다고 생각하는 거야?"

"……."

"거봐! 역시 곧바로 대답하지 못하잖아?"

"또 이상한 데다 엮는다! 내가 곧바로 대답하지 않은 건 형님의 말이 너무 가당치 않아서였을 뿐이우!"

"그럼 증명하면 되겠네."

"어떻게 증명하면 되우! 나한테 그 방법 좀 알려주시오!"

"간단해. 다음번에 확실하게 북궁 사제를 밟아! 이번처럼 한심한 실수 따윈 저지르지 말고."

"……"

이현이 실수를 언급하자 악영인이 신경질을 내려다가 입을 다물었다. 북궁창성의 반격에 잠시 고전했던 한 수를 떠올렸기 때문이다.

그러자 다시 입가에 미소를 매단 이현이 북궁창성에게 다가가 그의 어깨를 가볍게 두드렸다.

"수고했다. 이젠 그만 쉬어라."

"…예."

북궁창성이 흐릿한 대답과 함께 의식을 잃고 힘없이 무너져 내렸다.

이미 이현과의 연무로 초죽음이 되어 있던 터.

악영인 같은 절정고수와의 대결은 북궁창성의 심신을 완전히 갉아먹어 버렸다. 중간중간 격공전력으로 이현이 내력을 전이해 주지 않았다면 벌써 예전에 고목나무처럼 정기가 바짝 말라서 죽어버렸을지도 모른다.

툭!

애초부터 그 같은 사실을 잘 알고 있던 이현이 무너져 내리는 북궁창성의 옆구리를 잡아끌어 등에 업었다. 그 모습이 흡사 어린애를 등에 짊어진 것이나 다름없어 보인다.

"그럼 나는 이 녀석 재우러 갈 테니까 나갔던 일은 내일 듣도록 하지."

"혀, 형님, 내 중요한 얘기를 듣는 거보다 그 북궁 녀석을 재우는 게 우선이란 거요?"

"어."

단 한마디로 악영인을 절망케 한 이현이 숭인학관을 향해 휘적휘적 걸어갔다.

왠지 발걸음이 가벼워 보인다.

기분이 좋아서일 것이다.

북궁창성이 생각 이상으로 악영인에게 잘 버틴 것 때문에 말이다.

"으아! 열 받아!"

악영인이 바락바락 소리 지르다 갑자기 조준에게 시선을 돌렸다.

"우리 술 마시러 갈까?"

"술 좀 마시나?"

"두주불사(斗酒不辭)라고 들어봤나?"

"실제로 본 적은 없지."

"그럼 오늘 보게 해주지!"

언제 화가 나서 방방 뛰었냐는 듯 악영인이 호쾌해진 얼굴로 조준에게 손가락을 까닥거렸다.

두주불사는 모르겠고…….

오늘 횟술을 확실히 마실 작정인 악영인이었다.


*                    *                    *


종남산을 뒤로하며 철목령주는 내심 고개를 가로젓고 있었다.

종남파.

중원 정파 무림의 주축이라 불리는 구대문파 중 한 곳. 섬서성에서는 화산파와 북궁세가를 제외하면 최강이라 할 수 있는 명문정파.

그러나 철목령주의 심중에 자리 잡은 종남파의 그림자는 조금 더 컸다.


마검협 이현!


정확히는 자신의 목숨을 구해준 그의 제자 이현의 존재가 만든 일종의 환상이었다.

본래 새외에서 일생의 대부분을 활동한 철목령주였다.

중원 무림에 대해선 아는 바가 극히 적었다.

그래도 화산파의 당대 천하제일인 운검진인과 비검비선대회를 통해 비무를 약정한 마검협 이현에 대해선 알고 있었다. 하긴 천하 무림에 기인이사가 모래알처럼 많다 하나 어찌 그 두 사람과 명성을 견줄 자가 있겠는가!

당대 천하제일인!

출종남천하마검행의 당사자!

모두 당금 무림에 이름을 올린 자라면 누구나 선망하고 관심을 갖게 하는 마력을 발하고 있었다.

그리고 그건 철목령주 역시 마찬가지였다.

그는 정파의 태산북두라 불리는 소림파와 무당파에 그다지 관심이 없었다. 그곳에는 천하제일인을 자처할 만한 절대고수가 없었기 때문이다.

화산파와 종남파는 달랐다.

지극히 관심이 있었다.

당금 천하제일인과 그 천하제일인에 대적할 만하다고 알려진 이현이 있었기에.

그 후 숭인학관의 이현을 만나고 그러한 마음은 더욱 강해졌다. 마검협 이현의 제자를 자처하는 그의 놀라운 무공에 완전히 반해 버리고만 까닭이었다.

'그런데 종남파는 왜 그따위인 거야? 장문인은 보지 못했지만 장로란 자들의 무위가 고작해야 일류 후반에서 절정 초입 정도일 뿐이라니……'

철목령주가 고개를 가로젓고 있는 이유였다.

부상당한 청천백일검 원광도장만 해도 제법 고강한 무위를 지니고 있었다. 최소한 절정 중반 수준의 무위를 보여줬다. 자부심 강한 철목령주라 해도 완전히 무시하지 못할 정도의 무공 수준이었다.

그러나 단지 그뿐이었다.

종남파에 가서 철목령주는 원광도장 이상 가는 고수를 보지 못했다. 그냥 고만고만한 장로들이 원광도장이 부상당해 온 것에 호들갑을 떠는 모습을 지켜본 게 전부였다.

게다가 종남파의 장로들은 명문정파의 수뇌부다운 품격도 보여주지 못했다. 그들은 노골적으로 철목령주를 의심하고 공격까지 했다가 망신만 당했다. 장로들 여럿이서 공격하고도 철목령주를 제압할 수 없었기 때문이다.

철목령주는 내심 울컥했으나 참았다. 이현과 원광도장의 체면을 생각해 자신을 합공한 장로들을 피해 그냥 종남파를 떠나온 것이다.

'…어찌 됐든 이로써 이 공자의 명은 이행한 셈이니, 슬슬

숭인학관으로 돌아가 볼까?'

문득 입가에 미소가 걸렸다.

이현.

자신의 구명지은이자 절대의 무공을 지닌 그를 떠올리자 그냥 마음이 푸근해졌다. 다 늙어서 주책바가지가 된 모양이다. 이렇게 누군가를 떠올리며 미소를 짓게 되었으니 말이다.

*　　　　*　　　　*

악영인은 요 며칠과 마찬가지로 숭인상단에 잠깐 들려서 잡무를 처리하고 조준과 밖으로 나섰다.

근래 자신 때문에 일거리가 몇 배나 늘어난 운칠이 입이 댓발이나 늘어나 잔소리를 늘어놨으나 그냥 양손을 합장해 용서만 구했다.

지금은 숭인상단의 일보다 개방 거지들을 도륙하고, 숭인학관을 포위 공격한 자들의 단서를 찾는 게 중요했다. 다른 어떤 일보다 우선한다고 할 수 있었다.

그럴 수밖에 없다.

대과 2차 식년과!

곧이었다.

이제 한 달도 채 남지 않았다.

즉, 이 말은 이현, 악영인, 북궁창성 등이 십여 일 후 식년과가 치러지는 서안으로 떠나야 한다는 걸 의미한다.

당연히 신경이 쓰이지 않을 수 없었다.

자신들이 식년과를 보는 사이 청양의 풍운삼개와 숭인학관에 문제가 발생할 소지가 있었기 때문이다.

그래서일까?

이현은 근래 이상할 정도로 북궁창성과 남운을 맹렬하게 훈련시키고 있었다.

목연과 글공부를 할 때와 잠자는 시간을 제외하곤 항상 두 사람과 함께했다.

두 사람을 한데 묶어서 계속 대련시키며 무공을 전수하느라 악영인과는 전혀 놀아주지 않았다. 얼굴을 볼 때마다 조준과 사건의 진척이 있는지 묻는 게 전부였다.

그게 악영인을 짜증나게 했다.

화나게 했다.

이현을 목연과 두 사람에게 빼앗긴 것 같았다. 자신의 가장 소중한 걸 강탈당한 기분이었다.

그래서 악영인은 더욱더 사건 해결에 매달렸다.

사건만 해결되면…….

청양과 숭인학관의 안전이 확보만 된다면……

분명 이현은 다시 악영인과 놀아줄 것이다. 함께 어깨동무를 한 채 밤새워 술을 마시고 강호 얘기를 나누게 될 것이다. 분명 그런 시절이 다시 돌아올 것이다.

'아! 생각만 해도 좋구나!'

악영인이 저도 모르게 입가에 미소를 매달자 조준이 말했다.

"뭔가 좋은 일이라도 생각한 모양이군?"

"응? 내가 뭘……."

"굳이 표정 관리에 들어가지 않아도 돼. 그동안 충분할 정도로 화를 내고 있었으니까."

"…그렇게 티가 났소?"

"그래. 그런데 궁금한 게 있다."

"말하시오."

"왜 날 대하는 말투가 남들과 다르지?"

"뭐가 다르다는 거요?"

"숭인학관의 이 공자나 다른 여러 사람들을 대할 때와 다르잖아. 나에 대한 말투."

"당신한테 말투에 대한 잔소리를 들을 이유는 없다고 봅니다만?"

"왜 그렇지?"

'그야 당신이야말로 존대와 평대가 오가는 아주 괴상한 말투의 소유자니까 그렇지!'

내심 조준을 쏘아붙인 악영인이 화제를 바꿨다.

"그런데 당신, 언제쯤 저번에 사용했던 그 이상한 주술 같은 거 다시 쓸 수 있는 거요?"

"인근에서 대량의 사망자가 나왔을 때."

"역시 그 방법밖엔 없는 거요?"

"없다."

"거, 명왕종이란 곳도 참 쓸데없는 것만 가르쳤구만."

"내 사문을 욕하지 마라! 기분이 나빠지니까!"

"알았소! 알았소!"

화를 낼 때조차 별다른 감정을 겉으로 드러내지 않는 조준에게 양손을 들어 보인 악영인이 조금 발걸음을 빨리했다.

"그런데 우리는 지금 어디로 가고 있는 것이냐?"

"하오문."

"하오문? 네가 전에 말하길······."

"청양에는 하오문이 없다고 했다는 걸 아오."

"···그런데 상황이 바뀐 거로군?"

'눈치는!'

악영인이 조준을 곁눈질하고 말을 이었다.

"청양 개방 분타가 박살이 났다는 소문이 섬서 하오문에 이미 들어간 듯하더군. 청양 인근인 창주에 벌써 지부를 설립하고 간을 보고 있다는 소문이 돌고 있소."

"목적지는 창주인가?"

"그렇소. 창주에 가서 정보를 수집할 거요. 그때 당신의 작은할아버님의 행적도 탐문할 수 있을 테고."

"……"

"그렇게 쳐다보지 마시오. 나는 한번 한 약속은 반드시 지키는 사람이니까."

"반드시……"

"가끔 지키는 시간이 좀 늦을 때가 있긴 하오. 뭐, 그런 게 다 사람이 하는 일이니까."

조준의 시선에 마음이 살짝 찔린 악영인이 변명을 늘어놓으며 발걸음을 조금 빨리했다. 조준이 그의 뒤를 묵묵히 따랐다. 더 이상 딴죽을 걸 게 없었나 보다.


\*            \*            \*


창주.

청양과는 작은 산과 시내 하나만 건너면 나오는 작은 소도시다.

섬서성의 작은 도시들 중 청양이 중급 정도의 번성을 이루고 있는 데 반해, 이곳 창주는 진짜 한가하다. 전형적으로 작은 촌락이 군집하고, 시내 역시 변변찮은 전형적인 소도시의 형태를 갖춘 곳이라 할 수 있었다.

그래서 창주에서 그나마 발달한 건 여객업과 운송업이었다.

성원장이 건재했을 때 청양을 출발하거나 거쳐 가는 대규모 상단의 하청과 숙박 때문이다.

그런 창주의 한산한 중심가.

시내 한복판에 자리 잡은 창주제일루 앞에 악영인과 조준이 멈춰 섰다.

악영인이 창주제일루라 쓰인 이층 건물의 현판을 눈으로 살피고 중얼거렸다.

"고작 산 하나 차이밖엔 안 나는데, 청양과 꽤 수준 차이가 나네?"

"수준 차이가 난다고?"

"그렇게 생각하지 않소?"

"내 눈에는 둘 다 비슷해 보인다."

"그건 당신이 청양의 본래 모습을 몰라서 하는 소리요. 근래 사건사고가 많아서 좀 많이 황폐화되긴 했지만 본래는 꽤 크고 번성한 도시였거든."

"그렇군."

조준이 담담하게 대답했다. 어차피 그는 시내가 불타고, 성원장이 불타고, 개방 분타 관제묘가 박살 나기 전의 청양에 대해 전혀 모른다. 굳이 악영인의 청양부심에 딴죽을 걸 이유나 필요성을 느끼지 못하는 게 당연하다.

악영인이 그런 조준의 내심을 눈치챈 듯 콧잔등을 살짝 찡그려 보였다.

그때 창주제일루 안에서 허리가 살짝 굽은 중년인이 달려 나왔다.

"혹시 청양 숭인상단에서 오신 귀인들이신지요?"

"맞소."

악영인이 대답하자 중년인이 허리를 살짝 굽혀 보이며 말했다.

"마침 루주님께서 기다리고 계셨습니다! 안으로 드시지요!"

"고맙소."

악영인이 대답한 후 중년인을 따랐고, 조준 역시 함께했다.


잠시 후.

창주제일루의 귀빈실로 안내된 악영인과 조준은 한 명의 붉은색 궁장 차림의 면사 여인과 자리를 함께하고 있었다. 그들을 귀빈실로 안내한 중년인은 방문 앞에서 다시 허리를 숙여 보이고 총총히 밖으로 사라졌다.

악영인이 안력을 돋구어서 면사 여인의 얼굴을 살피고 입가에 피식 미소를 담았다.

"굳이 가릴 만한 미모는 아닌 것 같소만?"

면사 여인의 눈가에 주름이 잡혔다. 악영인의 도발에 마음이 상한 것이다.

그러나 그녀는 참았다.

본래 세상 이치가 그렇다.

약한 자가 항상 참게 마련이다. 강자 앞에서 표정 관리 역시 필수다.

'게다가 청양 일대는 여전히 개방의 세력권이다. 괜스레 긁어 부스럼을 만들 필요는 없겠지.'

내심 염두를 굴린 면사 여인이 말했다.

"호호, 소첩 역시 근래 성원장과 흑랑방의 세력을 빠르게 규합해서 욱일승천하고 있는 청양 상계의 기린아가 이렇게 젊고 잘생긴 공자일 줄은 몰랐군요."

"내가 잘못 찾아온 모양이군. 조 형, 그만 일어납시다."

악영인이 자리에서 일어서자 조준이 조용히 따랐다. 그러자 마음이 다급해진 면사 여인이 얼른 목청을 높였다.

"벗을게요! 면사 벗으면 되잖아요!"

"아니, 면사는 됐소! 굳이 사십 대에 화장 떡칠한 얼굴 따위 보고 싶지 않으니까!"

'누가 사십 대야!'

면사 여인이 내심 버럭하며 허리춤에 숨겨 놓은 비도에 손을 가져갔다. 순간적으로 너무 화가 나서 중요 고객을 암살하고 싶다는 살기를 일으키고 말았다.

그러자 악영인이 경고하듯 말한다.

"이곳은 개방의 세력권이오! 만약 하오문에서 사람을 해쳤다는 소문이 나면 큰 문제가 될 것이오!"

"누, 누가 사람을 해쳤다는 건가요? 우리는……."

"하오문 맞구만."

'…당했다!'

면사 여인이 내심 부르짖었다. 악영인의 격장지계에 넘어갔다는 생각이 들었기 때문이다.

그러나 이미 악영인은 입가에 미소를 담은 채 다시 의자에 착석하고 있었다. 조준 역시 마찬가지다.

악영인이 여전히 서서 굳어 있는 면사 여인에게 손을 들어 보이며 말했다.

"그만 앉으시오! 하오문에 의뢰할 것이 있으니까!"

'쳇! 잘생겼으니까 봐준다!'

진짜다.

면사 여인이 보기에 눈앞의 악영인은 실로 평생에 한 번 볼까 말까 한 미남자였다.

그것도 호남형이 아니다.

선이 여인보다 곱고 섬세한 데다 뽀오얀 살결이 흡사 절세미인을 방불케 하는…….

'…그냥 여자 아냐? 남장미인 같은 그런 거?'

면사 여인의 눈매가 샐쭉해졌다.

하오문 같은 정보 조직의 특성상 신분 세탁과 변장은 일상이나 다름없었다.

면사 여인 역시 어린 시절, 하오문의 밑바닥을 전전할 때는 무척 다양한 종류의 인물상을 연기하곤 했다. 악영인의 출중한 외모를 보고 더럭 의심이 든 것도 무리는 아니었다.

'게다가 이 자식은 여자에 대한 존중심이 없어! 보통 나 같은 미녀를 보면 사내들은 일단 환심부터 사려고 온갖 짓을 다 하는데 말야!'

내심 의심의 강도를 더욱 짙게 하며 면사 여인이 말했다.

"본래 다 알고 오셨군요. 처음부터 그렇게 말씀해 주셨다면 저도 쉬웠을 텐데요."

"확신이 없었거든."

"확신이라 하심은?"

"하오문이 개방의 영역에까지 손을 뻗칠 수 있었던 자신감이 어디에서 왔는지에 대한 확신!"

"그렇군요."

미미하게 고개를 끄덕여 보인 면사 여인이 화제를 돌렸다.

"그래서 어떤 의뢰를 하러 오신 걸까요?"

"의뢰는 두 가지요! 하지만 하오문에서 처리할 수 있을지 모르겠소?"

"의뢰금에 따라서 다르겠지요."

"앞서 말했다시피 내가 근래 청양 상계의 기린아로 떠오른 숭인상단의 책임자요. 돈 문제라면 걱정할 필요 없을 거요."

"첫 번째 거래니까 특별히 할인가에 모시도록 하지요."

면사 여인이 언제 화를 냈냐는 듯 고개를 앞으로 내밀어 풍만한 가슴을 강조하자 악영인이 눈빛 하나 흩뜨리지 않고 말했다.

"첫째로 지난 십여 일을 기점으로 청양 일대에 모여든 세력에 대한 모든 정보를 원하오!"

"무림인이나 상계의 인물들만이 아니고요?"

"그렇소. 5명이 넘는 세력은 하나도 빠짐없이 알려줘야 하겠소."

"쉽지 않은 일이군요."

"둘째로……."

악영인이 조준을 돌아봤다. 그가 직접 설명하는 게 낫겠다는 판단이었다.

그러자 조준이 창주제일루에 들어선 후 처음으로 입을 열었다.

"사람을 찾아줘야겠다."

                    *              *              *

　악영인과 조준을 떠나보낸 후 창주제일루의 루주이자 근래 섬서 하오문의 분타주 서열 3위에 오른 혈갈 진화정은 고민에 빠져 있었다.

　톡! 톡!

　손가락으로 값비싼 자단목으로 된 탁자를 건드리고 있자니 그녀의 심복인 장오광이 다가왔다.

　"누님, 뭘 그리 고민하고 계신 겁니까?"

　"방금 전에 나간 두 새끼들 말야."

　"예, 한 명은 정말 기생오라비처럼 곱상하게 생겼던데, 오늘 밤이라도 애들 보내서 보쌈해 올까요?"

　"병신!"

　진화정이 버럭 소리 지르자 장오광이 움찔 놀란 표정이 되었다.

　"머리 갖다 댈까요?"

　알아서 자진 납세를 하려는 장오광의 태도에 진화정이 한숨을 내쉬었다.

　"에휴, 그럴 필요까진 없고!"

"감사합니다, 누님!"

"너 보기엔 저렇게 예쁘게 생긴 새끼가 남자 같냐?"

"남자 아닌가요? 그럼… 으흐흐!"

장오광이 음흉한 미소와 함께 양손을 비볐다. 짧은 사이에 매우 즐거운 상상의 나래를 펼친 것 같다.

진화정이 주먹을 내밀었다.

"머리 박아라!"

"예, 누님!"

장오광이 진화정이 내민 주먹에 자진 납세를 했다. 퍽 소리가 들리는 게 적당하게 박은 게 아닌 듯하다.

진화정이 주먹을 거두고 말했다.

"괜스레 애들 보내서 마누라 삼을 생각은 말아라! 그러다 경친다!"

"누님, 왜 그런데요?"

"고수다! 그것도 무척 강한 고수!"

"아하!"

장오광이 손뼉을 치고 이번엔 눈을 묘하게 굴렸다. 아마 흑도에서 사용하는 다채로운 납치 방법을 모색하고 있는 듯싶다.

진화정이 지친 표정으로 말했다.

"그냥 아무 짓도 하지 마!"

"…예, 누님."

장오광이 아쉬운 표정이 되었다. 진심으로 악영인을 보쌈해서 마누라 삼고 싶었나 보다.

진화정이 화제를 바꿨다.

"그래서 말인데, 숭인학관에 관해서 내가 조사해 보라고 했던 건 어떻게 됐냐?"

"숭인학관의 학사 이현 말씀이시죠?"

"그래, 그 빌어먹을 마검협과 이름이 같은 학사 말야! 빠드득!"

마검협을 언급하며 진화정은 이를 갈았다.

본래 그녀가 청양 인근인 창주에 새롭게 섬서 하오문 분타를 세운 건 어디까지나 이현 때문이었다.

그에게 당한 전날의 굴욕! 원한!

아직도 똑똑하게 기억하고 있다. 언제가 됐든 반드시 복수를 해줄 작정이었다. 그게 어떤 식이 됐든 말이다.

하나 그녀가 여태까지 마검협 이현에 대해서 신경을 쓰는 건 원한 이외에 사업적인 이유가 더 컸다. 이제 7개월도 안 남은 비검비선대회에서 한몫 단단히 벌 계획을 일찍부터 세웠다. 섬서 하오문 전체가 동원되어도 크게 남을 정도의 큰 대목이 바로 코앞까지 다가온 것이다.

그러니 비검비선대회의 주인공 중 한 명인 마검협 이현의 행적을 파악하는 건 너무나 중요했다. 혹시라도 중간에 그에게 문제라도 발생하면 대목 자체가 날아가 버릴 소지가 있었다. 어떻게든 그런 참담한 비극만큼은 막아야만 했다.

그런데 근래 섬서 하오문에 청천벽력 같은 소식이 전달되었다.

청천백일검 원광도장의 중상!

마검협 이현을 찾기 위해 종남파를 나왔던 그가 심각한 중상을 당한 채 복귀했다.

마검협 이현과 관련이 있어 보이는 숭인학관의 젊은 학사 이현을 찾아가다 그런 꼴이 되었다. 정확히 어쩌다 그런 일을 당한 것까진 알려지지 않았지만 말이다.

덕분에 진화정은 무척 바빠졌다.

그녀는 부랴부랴 종남파와 관련된 인맥을 총동원해 원광도장의 부상을 살피고, 곧바로 창주로 달려왔다. 원광도장에게 숭인학관의 젊은 학사 이현에 대한 정보를 전달한 당사자인 만큼 뒷수습을 떠맡을 수밖에 없어진 것이다.

'하지만 청양 일대는 어디까지나 개방의 영역! 하오문의 세력이 아예 미치지 못하는 곳이라 정확한 정보를 확보하는 데는 한계가 있다! 그래서 숭인학관과 관계가 깊어 보이는 숭인상단 쪽과 줄을 대려고 노력해 왔던 것인데, 갑자기 이런 정체

불명의 고수들이 등장하다니…….'

진화정은 악영인과 마주 앉자마자 두 가지를 깨달았다.

첫째로 그가 평범한 사내가 아니란 점.

둘째로 악영인과 조준이 자신으로선 감히 무력 측정이 불가능할 정도의 고수란 점.

그래서 진화정은 그들에게서 뭔가 정보를 캐내려던 애초의 계획을 수정했다. 마검협 이현을 건드렸을 때와 같은 비참한 꼴은 다시는 경험하고 싶지 않았다. 근래 승승장구하여 섬서 하오문 서열 3위까지 오른 시점에선 더더욱 그러했다.

톡! 톡!

다시 자단목 탁자를 손가락으로 건드리던 진화정이 장오광에게 말했다.

"…풍진문에 의뢰를 하도록 하자!"

"풍진문이요? 거긴 살수 단체인데……."

"좋잖아. 의뢰를 수행하다가 몇 놈 뒈져도 우리하곤 관계가 없다고 시치미를 뗄 수 있으니까."

"어떤 의뢰를 하시렵니까?"

"숭인학관 학사 이현 암살!"

"그거… 좀 위험한 거 아닙니까?"

"위험하지. 숭인학관의 학사 이현이란 놈이 마검협과 관련이 있다면."

"아하! 그래서 풍진문에 대신 칼받이를 시키는 거로군요! 정말 영명한 판단이십니다!"

"오호호! 내가 좀 영명하지! 미모만큼은 아니지만!"

"물론입니다! 누님의 절세적인 미모만큼은 따를 수 없지요!"

장오광이 연신 손을 비벼댔다.

오늘 진화정은 오랜만에 다시 실제 나이를 언급당했다. 빈정이 극도로 상했을 터였다. 이럴 때는 다른 거 필요 없다. 무조건 손을 비비면서 미모를 찬양해야 후환이 없는 것이다.

*　　　　*　　　　*

긁적!

글공부에 매진하던 이현이 저도 모르게 뒤통수를 긁었다.

왠지 머리가 가렵다.

벼룩 같은 미물 탓은 아니다.

이미 오래전에 한서불침과 백독불침의 경지에 오른 이현이기에 벌레 따위는 근접할 수 없고, 별다른 영향력 역시 발휘할 수 없었다.

매일같이 쾌적한 몸 상태!

분명 그렇게 유지할 수 있고, 유지되어야 마땅했다.

하지만 지금 머리가 가려운 것도 사실이다.

손으로 긁어도 그다지 시원하지 않았다. 근질거리는 기운이 묘하게도 손을 피해 다니는 것 같았다. 한 곳을 긁고 나면 다른 곳이 찡해지며 근질거리는 것이다.

'심마인가? 내가 심마에 빠진 것인가?'

이현이 심각한 고민에 빠졌을 때였다.

그의 앞에서 조목조목 사서와 오경에 대한 해석에 여념이 없던 목연이 부드럽게 말했다.

"이 공자, 잠시 쉴까요?"

"그럴 필요 없습니다."

"잠시 쉬는 편이 좋을 것 같군요. 저는 식당 쪽에 일이 있어서 반 시진 가량 후에 돌아올 테니, 그동안 세안이라도 하면서 머리를 식히도록 하세요."

'내가 머리를 긁어대니 자리를 피하려는 거로구나!'

이현은 좀 억울했다.

목연이 자신을 더러운 놈으로 보는 것 같았기 때문이다.

그러나 다시 생각해 보니 목연같이 깔끔한 여인 앞에서 머리를 박박 긁은 자신의 잘못이었다. 머리가 좀 근질거려도 참았어야 했는데 말이다.

그가 생각에 잠겨 있는 동안 목연이 식당 쪽으로 걸어갔다.

그녀는 생각했다.

'이 공자가 근래 너무 공부를 열심히 해서 머릿속에 열이 일

어난 듯하니, 시원한 화채라도 만들어 와야겠구나!'

정답이다.

목연의 생각대로 이현의 머리는 지금 발갛게 달아올라 있었다. 한서불침지경에 올랐다 하여 머리에 상열이 이는 것까지 막을 수는 없었던 것이다.

목연이 사라지자 이현은 본격적으로 머리를 긁다가 벌떡 자리에서 일어섰다.

"물이라도 한 동이 퍼붓고 와야겠다!"

거의 여섯 시진만의 일이다.

그는 그렇게 집중적으로 공부에 몰입해 있었다. 자신도 모르는 사이에 말이다.


＊          ＊          ＊


이현은 숭인학관을 벗어났다.

본래는 물 한 동이 퍼붓는 정도를 생각했으나 바람 같은 성미가 어디 갈 리 없다.

우물 쪽으로 걸어가던 중 이현은 생각이 바뀌었다.

물 한 동이로는 부족하다.

아예 멱을 감아야겠다고 생각한 것이다.

그래서 그는 가벼운 걸음으로 숭인학관을 빠져나와 뒷산으로 향했다. 그곳의 중턱 정도에 이르면 적당한 계곡이 나오는데, 지금 같은 한낮에도 항상 얼음장처럼 물이 차다. 그곳에 풍덩 뛰어들어서 멱을 감으면 머리가 간지러운 것도 당장 사라질 거라 생각했다.

그렇게 계곡 앞에 도착했을 때였다.

이현의 눈에 이채가 어렸다.

'선객이 있었잖아?'

굳이 기감을 확장시키지 않아도 알겠다. 그의 예민한 이목을 통해 계곡 상류에서 흘러나오는 첨벙거림이 또렷하게 포착되었기 때문이다.

그러니 어찌할까?

이현은 잠시 고민하다 입가에 피식 웃음을 매달았다.

'뭐, 상관없겠지. 어차피 목 소저는 식당에 갔으니, 이 시간에 계곡에서 물놀이를 하는 사람이라곤 숭인학관의 학생들 정도에 불과할 테니까.'

第五章

백 년 전의 천하제일가!

합리적인 판단이다.

이현은 더 이상 고민하길 그만두고 다시 계곡 쪽으로 걸음을 옮겼다. 첨벙거리는 소리를 듣고 보니, 잠시 멈췄던 머리의 근질거림이 다시 살아났다. 얼른 물속에 풍덩 빠져서 멱도 감고 물놀이도 즐기고 싶은 심정이었다.

그렇게 계곡 앞에 도착한 이현의 눈이 커졌다.

그의 눈앞.

시원하게 흘러내리는 물줄기가 골을 이루는 큼지막한 웅덩이가 펼쳐져 있었다.

그 안을 휘감고 도는 시퍼렇고 깨끗한 계곡물.

종종 이현이 목욕을 하러 오는 이곳에는 앞서 예측했듯 먼저 찾은 사람이 있었다.

그런데 왠지 평범한 사람으로 보이지 않는다.

새하얗고 늘씬한 나신.

물속에서 흐드러지게 퍼져 있는 검은 머릿결.

자유롭게 물속을 유영하고 있는 건 사람이 아니라 인어(人魚)였다. 전설 속에서나 등장하는 영물 말이다.

하나 곧 이현은 자신이 착각했다는 걸 알았다.

인어가 아니다.

그건 사람이었다.

물속을 자유자재로 헤엄치고 있는 한 명의 여인이었다.

"헐!"

절로 소리를 낸 후 이현은 재빨리 자신의 입을 손으로 가렸다.

슥!

그리고 재빨리 신형을 낮춘다.

부지불식간에 여자가 목욕하는 장면을 훔쳐본 치한으로 오해받을 소지가 농후했기 때문이다.

과연 물웅덩이 속에서 헤엄에 여념이 없던 인어… 가 아닌 나신의 여인이 날 선 반응을 보였다.

"누구냐?"

'목소리가 앙칼지군.'

이현은 갑작스레 목욕하는 여인의 나신을 본 사람답지 않게 목소리에 더 관심을 보였다. 여인의 목소리 속에 자연스럽게 내공이 깃들어 있는 걸 눈치챘기 때문이다.

사사삭!

그때 물속 깊숙이 헤엄쳐 들어갔다가 순간적으로 공중으로 뛰어오른 여인이 부근에 널어놨던 옷을 걸쳤다.

역시 무공을 익힌 무림인이라서인지 움직임이 표홀하고 군더더기가 없다. 그냥 일반적인 무림인이 아니라 진짜 무공을 익힌 무인이라고 보아도 무방한 모양새다.

이현은 예민한 청각을 통해 여인이 옷을 걸치는 걸 확인하고 굽혔던 몸을 일으켜 세웠다.

상대는 무인!

여자라고 해서 특별할 것이 없다.

'나는 잘못한 게 전혀 없다!'

이현의 당당함은 그리 오래가지 못했다.

옷을 걸쳤다고 생각했던 여인이 문제였다.

이현의 생각대로 그녀는 옷을 걸치긴 했으나 여전히 몸이 젖어 있었다. 게다가 급하게 옷을 입었다. 몸을 가리는 데 급급해서 자신의 젖은 몸에 옷이 찰싹 달라붙는 것까지는 생각하지 못한 것이다.

"좋구나!"

이현은 자신도 모르게 당당하지 못한 말을 내뱉고, 몸매를 그대로 드러내고 있는 이십 대 초반의 장미처럼 화려한 미녀에게 말했다.

"몸을 좀 말리는 게 좋겠군."

"뭐라고요?"

"몸을 말리는 게 좋겠다고 했소. 사실 나는 현재 모습이 그리 싫지 않소만."

화려한 용모의 미녀가 그제야 자신의 상태를 파악하고 얼굴에 차가운 살기를 일으켰다.

"평범한 서생인 줄 알았는데, 내가 사람을 잘못 봤구나!"

"평범한 서생 맞는데… 우웃!"

이현은 미녀의 말을 따라하다 놀라서 신음을 흘렸다. 순간적으로 그를 향해 도약한 미녀의 소매 속에서 날카로운 빛살이 수십 개나 되는 궤적을 그리며 파고들어 왔기 때문이다.

'갑자기 이렇게 되는 건가?'

별로다.

그다지 추천하고 싶지 않은 상황이다.

그래서 이현은 등을 바닥에 닿을 정도로 뒤로 뉘었다.

철판교!

강호에서는 나려타곤과 함께 무인이 펼치는 걸 수치스러워하는 양대 초식으로 통한다는 얘기가 있다.

다 헛소리다.

철판교나 나려타곤은 하나같이 기초가 튼튼하지 않으면 펼칠 수 없는 초식이었다. 기초 없이 싸우던 중 펼치면 백이면 백 모두 상대의 살수에 목숨을 내놔야만 하기 때문이다.

생각해 보라!

몸을 뒤로 쭈욱 눕히거나 바닥을 나귀처럼 굴러서 어찌 상대의 살초를 피할 수 있겠는가? 그것도 생사의 대결 상태에서 말이다.

그러나 이현이 펼친 철판교는 미녀의 살초를 피하기에 충분했다. 그가 기초를 충실하게 닦은 진짜 고수이기에.

슥!

순간적으로 등을 바닥에 닿을 정도로 제친 이현의 수장이 불쑥 앞으로 튀어나왔다.


천두대구식!


금나수를 사용했다. 어느새 철판교를 펼친 자신의 몸에 닿을 정도로 가깝게 다가온 미녀의 완맥을 제압하기 위해서 말이다.

그러자 미녀가 기묘한 자세로 신형을 뒤틀었다.

'그러면 몸매가 더 두드러지는데……'

이현이 내심 중얼거리며 천두대구식을 변화시켰다. 그렇게 미녀가 공중에서 일으킨 회전의 허를 찔러 들어갔다.

파파팟!

타다닥!

이현의 천두대구식과 미녀의 장권이 연속적으로 교차했다. 경력과 경력이 부딪치고, 기력과 기력이 충돌했다. 짧은 새 십여 초가 넘는 공방이 오고간 것이다.

휘리릭!

그 결과 미녀가 공중에서 다시 신형을 비틀며 뒤로 물러났다. 이현의 천두대구식에 모든 공격이 가로막혔다. 중간에 진기의 흐름 역시 크게 불순해졌다. 공중에서 연달아 강력한 공방을 펼쳤기에 어쩔 수 없는 결과였다.

타닥! 탁!

그러나 바닥에 착지한 미녀는 다시 몇 걸음이나 뒤로 물러서야만 했다. 이현의 천두대구식과 공방까지는 펼칠 수 있었으나 그 속에 담긴 강력한 내력은 상대하기 힘들었다. 웅장한 내력의 여파가 뒤로 물러난 이후에도 그녀의 몸속에 남아서 대지진 후의 여진처럼 여운을 남긴 것이다.

이현은 오히려 눈에 이채를 담았다.

'대단하군. 고작해야 스물을 갓 넘긴 연배인 것 같은데, 이미 무공의 경지가 거의 화경에 도달했다니……'

이만한 실력을 지닌 후배는 근래 단 한 명만 봤을 뿐이다.


파천폭풍참 악영인!


동패 산동악가에서도 필경 최고의 자질을 가진 불세출의 기린아임에 분명한 그만이 눈앞의 미녀와 짝을 이룰 만했다. 방금 전 나눴던 공방과 초절정이라 불리는 화경에 근접한 내공의 경지가 그 같은 생각을 뒷받침한다.

그럼 조준은?

그는 예외다!

아직까지 이현은 명왕종의 제자를 자처하는 조준에 대한 평가를 유보하고 있었다. 자신의 본 실력을 숨기고 있다고 생각했기 때문이다.

그때 뒤로 물러나 잠시 호흡을 고른 미녀가 전신에서 무럭무럭 열기를 배출해 냈다. 이현이 화경에 근접했다고 판단한 절정의 내력을 일으켜서 몸에 아직까지 남아 있던 물기를 단숨에 증발시켜 버린 것이다.

'보기 좋았는데……'

이현은 아쉬움을 느꼈다. 그도 역시 사내였던 것이다.

그러나 그것도 잠시.

곧 이현의 입가에 미소가 떠올랐다. 미녀가 손을 뻗자 단숨에 그녀의 손으로 한 자루 고검이 날아들었다. 절정의 격공섭물의 신공!

'…정말 내공 하나는 끝내주는구나! 무림에 이름난 명문정파가 총력을 다해 키운 후기지수겠는걸? 그러니 한번 제대로 실력을 발휘하게끔 해볼까?'

악영인을 처음 봤을 때와 동일하다.

비록 지금은 대과를 준비하는 학사의 신분이나 이현은 어디까지나 마검협!

천하에서 가장 싸움과 무공 익히기를 좋아하는 무공광이었다!

갑자기 천하에 보기 드문 명문의 최고급 후기지수를 만나자 눈이 번쩍 뜨이는 기분이었다. 일종의 별미를 맛보게 된 셈이라 할 수 있었다.

그때 딱 보기에도 일문의 무가지보로 보이는 고색창연한 고검을 한차례 휘두른 미녀가 이현에게 검례를 취했다.

"강동의 고소 모용가의 자제 조경이 귀하에게 비무를 요청하겠어요!"

'호오? 강동의 고소 모용가? 백 년 전의 천하제일가가 다시 무림에 모습을 드러냈다는 건가?'

강동의 고소 모용가!

백여 년 전의 무림!

역사상 가장 큰 혼란기에 정파 무림은 휩싸여 있었다. 전통의 강호인 구대문파와 개방 외에 강성한 세력을 유지하던 오대세가, 칠대병기보, 삼대보가 연달아 욱일승천한 마세에 무너졌기 때문이다.

당시 그 혼란기를 틈타 정파의 기둥으로 우뚝 선 게 바로 사패였다. 현재까지 위세를 떨치고 있는 동서남북 네 방위를 뜻하는 사패로 무림은 빠르게 정리되었다.

그중 구대문파와 비견되던 오대세가에 강동의 고소 모용가가 속해 있었다.

단순히 속해 있었기만 한 게 아니라 당시에는 명실상부한 천하제일가였다. 북송 시절부터 강동의 고소 지역에 뿌리를 내리고 오랫동안 무림에 명성을 떨쳤던 명문 중의 명문이라 할 수 있었다.

이현 역시 고소 모용가에 대해선 익히 알고 있었다.

백 년이란 세월.

길다면 길고, 짧다면 짧다고 할 수 있다.

비록 다른 오대세가와 함께 쇠락했다곤 하나 한 시절을 풍미한 천하제일가의 후예를 보자 마음이 크게 동했다. 갑자기 평범한 명문의 후기지수에서 모용조경에 대한 평가가 월등히 높아진 것이다.

그리고 보통 이런 경우, 이현은 진지해진다. 출종남천하마검행 당시처럼 말이다.

파팟!

이현이 순간적으로 손가락에 기를 실어 주변에 늘어져 있던 나무의 가지 하나를 잘라냈다. 자신에게 검례를 취해 보인 모용조경을 제대로 상대해 볼 생각이 들었기 때문이다. 그리고 말한다.

"나는 숭인학관의 이현. 검을 조금 쓸 줄 안다."

"설마 그걸로 나와 대결하겠다는 건가요?"

"이만하면 충분해."

투둑! 툭!

이현이 손가락으로 적당히 나뭇가지를 다듬어 목검 모양을 만들고 가볍게 휘둘렀다.

스파앗!

분명 가벼워 보이는 움직임이었는데…….

"큭!"

모용조경에겐 태풍과 같았다. 순식간에 이현이 휘두른 목검이 그녀의 몸 전체를 박살 내 버리기라도 하려는 듯 검풍을 휘몰아쳐 왔기 때문이다.

그건 흡사 사막을 뒤집어 놓는 용권풍!

'이건 환상이다! 허초다!'

모용조경은 내심 버럭 소리치며 수중의 고검을 움직이지 않았다.

처음과 똑같은 위치!

변한 건 이를 악문 탓에 살짝 찌그러진 도톰한 입술뿐이다. 그렇게 그녀는 이현의 목검이 만들어낸 용권풍을 버텨냈다. 자기 자신과 가문의 절기에 대한 강력한 믿음이 없다면 보일 수 없는 모습.

'과연 훌륭하다!'

이현이 내심 고개를 끄덕이고 목검을 밑으로 내려뜨렸다.

슥!

1차 시험 통과다!

이제 본격적으로 모용조경의 진신절학을 확인해 보고자 한다.

"3초를 양보하면 되겠나?"

모용조경의 수려한 미목이 살짝 찡그려졌다. 대뜸 3초를 양보하겠다는 말에 마음이 상했다.

'그러나 방금 전의 검풍! 만약 허초가 아니라 진짜 공격이었다면 분명 나는 베였을 것이다!'

참 이상한 사람이다.

약관.

스무 살도 되어 보이지 않는 외관.

풍성한 문사복 차림이라 몸매가 드러나진 않으나 우람한 근육질은 아닌 게 분명하다. 맨 처음 나누었던 공방 시 몸의 유연한 움직임으로 확신할 수 있었다.

즉, 눈앞의 이현은 내가의 고수일 터였다.

특기는 자신이 말한 대로 검법!

그런 사람이 어떻게 학관 출신이란 말인가?

필시 신분을 속인 것이리라!

내심 이현을 가늠한 모용조경이 차분한 표정으로 말했다.

"3초의 양보, 받아들이지요!"

'좋군. 뛰어난 실력을 갖추고도 스스로에 대해 과신하지 않기란 쉽지 않은 법인데.'

이현이 수중의 목검을 까닥이며 말했다.

"그럼 솜씨를 보여주시오."

처음이다.

그는 모용조경을 만난 후 처음으로 예의를 갖췄다. 성별과 나이를 떠나서 그녀를 진짜 검객으로 인정한 것이다.


\*           \*           \*

악영인은 조준과 함께 숭인학관으로 향하며 콧노래를 가볍게 흥얼거리고 있었다.

오랜만이다.

이렇게 숭인학관에 향하는 건.

그동안 그는 조준과 함께 이현의 지시를 수행하느라 바빴다. 숭인학관을 습격하고, 개방 청양 분타를 피바다로 만든 흉수들을 열심히 찾아다녀야 했던 것이다.

그러나 조준의 도움을 받아 찾아갔던 만복상회가 폭발한 후 수사는 미궁에 빠졌다. 거짓말처럼 흉수들의 꼬리가 끊어져 버려서 난항에 봉착하고 말았다.

그래도 사람이 죽으란 법은 없다.

악영인은 근래 운칠이 어렵게 만든 상단 정보망을 통해 창주에서 섬서 하오문과 접촉하는 데 성공했다. 그리고 그들에게 흉수들의 꼬리를 붙잡는 일을 몽땅 떠넘겼다. 조준의 작은할아버지를 찾는 일과 함께 말이다.

'우후훗, 역시 이런 골치 아픈 일은 남에게 떠넘기는 게 최고지!'

악영인이 내심 미소 지었다.

관외의 전신 시절의 그를 알고 있던 자라면 기함을 터뜨릴 만한 속내다.

그러나 어쩔 수 없다.

근래 악영인은 가슴 깊숙한 곳에서 짜증이 점차 차오르고 있었다. 어쩌다가 마왕마적대를 만나 그들을 물리치고, 난민이 된 사람들을 보살피기 위해 만든 숭인상단을 책임지게 되었다.

자연스럽게 이현과 만나는 일이 줄어들 수밖에 없었다. 숭인학관에 머물면서 상단을 운영하기는 힘들었기 때문이다.

그런데 이번 사태가 터진 탓에 이현과 더 사이가 소원해지게 되었다. 자꾸 새로운 일거리가 늘어나서 이현과 악영인의 사이를 점차 멀어지게 하고 있다는 생각이 들었다.

'쳇! 도대체 형님과 술 한잔을 한 게 얼마나 된 거야? 이번에는 반드시 글귀신이 된 형님을 꼬셔내고야 말 테다!'

그때 굳게 다짐하고 있는 악영인을 조용히 따르던 조준이 질문했다.

"너는 이 공자를 정말 좋아하는군."

"술친구로 그 이상 가는 사람을 만난 적이 없거든."

"단지 그런 이유만인가?"

"그럴 리가!"

목청을 돋군 악영인이 첨언했다.

"형님과 나는 죽이 잘 맞아. 그래서 의형제까지 맺었지."

"의형제라……."

묘하게 말끝을 흐리는 조준에게 악영인이 인상을 찌푸려 보였다. 그의 태도가 마음에 들지 않았다. 신경을 거슬리게 해서 좋던 기분을 상하게 했다.

　"무슨 얘기가 하고 싶은 거요?"

　"…별로."

　악영인이 걸음을 멈췄다. 그리고 조준을 노려봤다. 당장 그에게 손을 쓰기라도 할 것 같은 기세다.

　"나는 이런 식의 대화를 좋아하지 않아."

　"이런 식의 대화?"

　"시치미 떼지 말고 당장 나한테 하고 싶던 말을 끝내는 게 어때?"

　"흠."

　조준이 잔수염이 난 턱을 한차례 매만진 후 악영인에게 말했다.

　"너는 계집이다."

　"뭐……."

　"냄새로 알 수 있어. 너는 사내인 척하는 계집이다."

　"……."

　"그러니 이 공자와 너는 의형제가 될 수 없다. 의남매라면 몰라도……."

　스파팟!

순간 악영인의 허리춤을 벗어나더니, 단숨에 조립되어 여의봉처럼 늘어난 창날이 조준의 목을 겨눴다. 찰라지경에 그를 죽일 수 있는 위치를 선점한 것이다.

조준은 태연했다.

"…왜 이러지?"

"몰라서 물어?"

"모른다."

조준의 단호한 대답에 악영인은 문득 맥이 풀리는 걸 느꼈다. 그러나 그와 만난 후 벌써 여러 번 이런 행동에 넘어갔다. 이번에도 똑같이 당할 순 없었다.

"나는 동패 산동악가의 자제 악무산이다!"

"산동악가의 가주에겐 다섯 명의 용호와 같은 자식이 있다고 들었다. 그중 넷째 아들은 어렸을 때부터 무재가 출중해서 산동악가 최고의 기대주였다고 하더군. 만약 정상적으로 성장하기만 했다면 말이야."

"……."

"하지만 그 넷째 아들에겐 쌍둥이 여동생이 있었고, 그녀는 꽤 장난이 심했지. 위로 있는 네 명의 오빠들이 혀를 내두를 정도로. 그리고 그녀의 그 심한 장난은 결국 문제를 일으키게 되었는데……."

"그만!"

버럭 소리 질러서 조준의 말을 중간에서 끊은 악영인이 살기 어린 시선을 거두지 않고 말했다.

"어떻게 그 같은 사실을 알아낸 거지!"

"작은할아버님을 찾기 위해서 내가 접촉한 건 개방이나 하오문뿐이 아니었다. 다른 정보꾼들을 통해서 나는 산동악가의 악무산에 대해 알아봤을 뿐이다. 그리고 알게 되었지. 악가주가 가장 사랑하던 넷째 아들 무산은 쌍둥이 여동생이 물에 빠진 걸 구하려다가 목숨을 잃었다는 것을. 갑작스럽게 일어난 급류에 휩쓸려 버렸다고 하던가?"

"……."

"그 후 자신 때문에 죽은 오라비 때문에 충격을 받아서인지 악가주의 막내딸은 사내처럼 행동하기 시작했다. 사내처럼 옷을 입고, 사내처럼 장난치고, 사내처럼 무공을 익혔지. 마치 쌍둥이 오라비인 무산을 대신하려는 것처럼 말이지. 그리고 그, 아니, 그녀는 무산을 대신해 관외로 떠났다. 산동악가를 대표해 군역을 치르게 된 것이다."

"……."

"여기까지가 내가 알아낸 일이다. 틀린 점이 있나?"

"아니."

"그럼 인정하는가? 네가 악가의 무산이 아니라 영인임을?"

"그건……."

잠시 말끝을 흐린 악영인이 고개를 가로저었다.

"…인정할 수 없다. 최소한 여기 청양에서는."

"그런가?"

"그렇다. 그러니까……."

"알겠다."

"…뭐?"

"네 말대로 하겠다는 거다."

"……."

악영인이 당혹스러운 표정으로 조준을 바라봤다. 자신의 정체를 낱낱이 밝혀내고, 곧 입을 다물겠다고 밝힌 눈앞의 사내를 이해할 수 없었기 때문이다.

그때 조준이 말했다.

"대신 날 용서해라."

"뭘?"

"네 이름을 대고 숭인상단에서 돈을 꺼내 썼다."

"뭐? 얼마나!"

목소리가 날카로워진 악영인을 향해 조준이 당당하게 말했다.

"은자로 3백 냥 정도."

"뭐야!"

다시 악영인이 창날을 조준에게 겨눴다. 이번에는 진짜 살기가 서렸다. 조준이 신생 숭인상단의 한 달 치 영업비를 꺼내 썼기 때문이다.

그러나 조준은 굴하지 않았다.

"어쩔 수 없었다. 널 믿고 있다간 작은할아버님을 언제 찾을 수 있을지 몰랐기 때문에……."

"그런 주제에 내 뒷조사나 하냐!"

"…그건 겸사겸사!"

"시끄럽다!"

악영인이 결국 조준을 향해 장창을 휘둘러 대기 시작했다. 그러자 조준이 그럴 줄 알았다는 듯 재빨리 신형을 숭인학관으로 날렸다. 정말 얄미운 자다!

"거기 서라!"

"싫다!"

느닷없이 악영인과 조준의 술래잡기가 전개되었다.

＊　　　　＊　　　　＊

고풍스러운 용형(龍形)의 검병.

찬연한 빛을 발하는 석 자 여섯 치의 검신.

그곳에 머물러 있는 기운은 가히 청려하다는 말이 떠오를 정도로 정갈하고 아름답다.

한눈에 알 수 있다.

명검.

검을 다루는 자라면 누구든 한 눈에 반할 법한 보검임을 말이다.


천룡보검!


고소 모용가가 아주 오래전, 중원의 한 귀퉁이를 차지한 채 왕조를 이뤘던 시절의 제왕지검!

즉, 모용 씨가 세운 왕조를 상징하는 보물이 바로 눈앞에서 빛나고 있는 고검 천룡보검이었다.

당연히 아무나 천룡보검을 사용할 순 없다.

본래는 가주에게조차 허락되지 않는다.

모용 씨의 제왕지검을 다룰 자는 오로지 제왕의 운명을 타고난 자야만 했기 때문이다.

하지만 백여 년 전 고소 모용가가 천하제일가의 자리에서 물러난 후 사정이 바뀌었다. 모종의 혈사로 인해 가문의 고수급 혈족 중 9할이 목숨을 잃어버렸기에 과거의 구습을 답습할 수 없었다. 그러다간 아예 고소 모용 씨족 자체가 중원에서 멸족당할 가능성이 있었다.

그래서 고소 모용가는 천룡보검의 사용권을 가문 최강의

고수에게 일임했다. 당대 고소 모용가 제일의 고수가 천룡보검의 힘을 이용해 가문의 명맥을 잇게 하기 위함이었다.

그러니 자동적으로 현 고소 모용가 최강의 고수는 이현의 눈앞에 서 있는 미녀 모용조경이 되는 셈이다. 그렇지 않다면 가문의 제왕지검인 천룡보검을 들고 무림에 나오지 못했을 테니 말이다.

그 천룡보검이 지금 모용조경의 수중에서 찬연한 빛을 발하고 있었다.

검강!

그중에서도 상급의 검형지강이 천룡보검에 서려 있었다. 이현이 허락한 3초!

그 안에 승부를 결정짓겠다는 모용조경의 의지였다.

'좋은 자세다!'

이현은 천룡보검에 그다지 관심을 보이지 않았다.

검신에 서려 있는 상서로운 검형지강 역시 마찬가지다. 어차피 그에겐 그까짓 검형지강이었다. 마음만 먹는다면 대천강 검법으로 단숨에 수십 개 정도는 만들어낼 수 있었다.

그래서 그는 사람에 주목했다.

천룡보검을 들고 있는 모용조경.

그녀의 곧고 바르게 검을 들고 있는 자세가 무척 마음에 들었다.

'북궁 사제가 저 정도 자세만 갖출 수 있다면 더 이상 염려할 게 없을 텐데…….'

문득 북궁창성이 떠올랐다.

근래 그의 절맥증을 무공 수련을 이용해 치료하던 중이었다. 비슷한 연배인 모용조경을 보자 어쩔 수 없이 비교가 된다.

둘 다 보기 드물게 타고난 무재이나 한 명은 너무 오랫동안 병을 앓았다. 출발이 눈앞의 모용조경보다 훨씬 늦어버린 것이다. 인생 중 가장 무공이 성장할 나이에 말이다.

이 차이는 어쩌면 평생 동안 좁혀지지 않을지도 모른다.

사실 거의 불가능하다고 봐야 할 터였다.

그때 북궁창성을 떠올리며 시선이 흔들린 이현을 향해 모용조경이 빠르게 검을 찔렀다.


성광추혼검 1초 성광일섬!


고소 모용가의 최강 절학인 별빛의 검기(劍技), 성광추혼검의 쾌속검이 이현의 전신을 모조리 노리며 파고들었다.

찰나의 순간!

분명 이현의 눈에는 모용조경의 성광일섬이 그렇게 보였다. 그녀의 1초식 쾌속검에 아예 몸이 홀딱 벗겨진 것 같았다. 그런 느낌을 받았다.

그러나 이현은 피하지 않았다.

회피 대신 그는 두 개의 손가락을 가볍게 뻗었다. 수중의 목검을 사용하지 않고 맨손으로 번개보다 빠른 모용조경의 성광일섬을 맞이한 것이다.

스윽!

그러자 기가 막히게도 모용조경의 천룡보검이 이현의 식지와 중지 사이에 끼었다. 몸 전체를 노리듯 산란하던 성광일섬의 검형지강을 완벽하게 꿰뚫어 보지 않았다면 있을 수 없는 현실!

'말도 안 돼!'

모용조경은 받아들일 수 없었다.

내심 아랫입술을 깨문 그녀에게 이현이 씨익 웃으며 말했다.

"일 초!"

그가 천룡보검을 놓았다. 약속대로다.

그것이 모용조경의 기분을 더욱 상하게 만들었다.

"하압!"

가벼운 기합과 함께 그녀가 신형을 회전시켰다. 본래 하늘의 천녀처럼 아름답던 그녀다. 춤사위를 방불케 하는 보신경의 변화와 어우러지자 일시 검과 함께하는 모습 속에서 수백 개가 넘는 꽃잎이 흩날리는 듯하다.

'검신일체술이라… 좋은 대응이다!'

이현은 다시 모용조경을 속으로 칭찬했다.

그녀가 자신의 후기지수답지 않게 강력한 내공력을 십분 발휘해 2초식을 펼치려 함을 눈치챈 것이다.

그리고 바로 그때, 이현의 예상대로 모용조경이 현란한 보신경으로 만들어낸 꽃잎의 환상 속에 자신을 가뒀다. 그 자신이 몸 주변을 배회하는 무수히 많은 꽃잎 중 하나로 화한 것이다.

성광추혼검 5초 화무십일홍!

백 년 전의 천하제일가!

고소 모용가에서도 오직 여자에게만 전수되는 비밀의 검초. 특히 미모가 탁월하면 할수록 반드시 익히게 한다. 일종의 구명절초로 사용할 수 있기 때문이다.

구명절초!

목숨을 구하는 절묘한 초식!

그걸 모용조경은 두 번째 초식에 바로 사용했다.

승부를 길게 끌고 가봐야 자신에게 유리할 것이 없다는 판단을 내렸기 때문이다.

그만큼 이현의 무공은 불가해, 그 자체였다.

고소 모용가를 떠나 무림에 나온 후 첫 번째로 만나는 초강자란 판단을 내렸다.

사라라라락!

사라라라라라라락!

순간적으로 화무십일홍으로 인해 사방에 나부끼는 꽃잎 속에 자신을 감춘 모용조경이 이현의 주변을 돌았다.

검무(劍舞)?

아니다.

화검륜(花劍輪)이다.

모용조경은 검기로 만들어낸 검화다발과 함께 이현을 중심으로 바퀴가 돌아가듯 회전했다.

빙빙! 빙빙빙빙!

시작도 없다. 끝도 없다. 오로지 꽃잎의 나부낌만이 존재한다. 그렇게 이현을 자신의 검화다발 속에 점차 가둬갔다. 아름다운 꽃잎 속에 시퍼런 륜형의 칼날을 숨겨 놓았다.

그러나 다음 순간이었다.

티잉!

이현이 손가락을 튕기자 그의 주변을 거의 가릴 정도로 자욱하게 퍼져 있던 꽃잎이 사방으로 비산했다. 느닷없이 5월의 달콤함을 한껏 뿜어내던 꽃향기가 가시고, 일제히 꽃이 지는 가을이 온 것이다.

그 낙화의 때에…….

피잇!

순간적으로 검과 하나가 된 모용조경이 이현의 미간을 노리며 파고들었다.

어느새 지척지간.

엎어지면 코가 닿을 거리에 그녀는 은신해 있었다. 바로 이 찰나와 같은 때를 기다리면서 말이다.

'웬만한 자객의 뺨을 칠 정도의 은신술이로구나!'

이현이 눈을 빛냈다.

모용조경의 이 한 수는 그만큼 훌륭했다. 아주 정확하게 이현의 허를 찔렀다.

스윽!

이현이 목검을 놓았다. 그리고 수장을 둥글게 말아서 가볍게 밀어낸다.

장권?

그보다는 격공장력에 가깝다.

그는 손바닥 가득 두터운 내력을 담았다. 화무십일홍 속에서 튀어나온 모용조경의 날카로운 암격을 피하기 어려웠기 때문이다.

그러니 직접적인 타격에 나설 수밖에!

이현의 둥글게 말아진 수장에서 일어난 오뢰인(五雷印)이 모용조경의 날카로운 검기를 흡수했다. 다섯 개의 뇌기가 직접 부딪쳐 갔다. 사방에서 검기를 잡아 뜯었다. 물고 늘어졌다. 그리고 뭉그러뜨렸다.

"헉!"

모용조경의 입에서 다급한 신음이 터져 나왔다.

한 치!

이현의 미간으로부터 딱 그 정도의 거리를 남긴 채 그녀의 검이 멈췄다.

찰나를 백 분의 일로 나눈 사이 벌어진 일!

스윽!

그때 이현이 왼손을 움직여 모용조경의 천룡보검을 낚아챘다.

콰득!

"이익!"

모용조경이 이를 악물었다. 이렇게 가문의 제왕지검을 빼앗길 수는 없다. 어떤 수든 써야만 한다.

그게 그녀의 실착이었다.

툭!

이현이 공중에 뜬 채 용을 쓰던 모용조경의 옆구리를 발로 가볍게 걷어찼다.

사실 걷어찼다는 건 과하다.

그는 그냥 발끝으로 살짝 건드렸을 뿐이다.

그것만으로 충분하다는 판단!

그의 생각대로였다.

"헉!"

짤막한 신음과 함께 모용조경이 뒤로 나뒹굴었다. 천룡보검은 이미 이현의 수중에 들어가 있다.

우-우-우-웅!

주인을 잃어서인가?

천룡보검이 이현의 손아귀에 잡힌 채 서러운 울음을 토해냈다.

이현이 고개를 끄덕였다.

"과연 명검이군. 흡사 영혼이라도 깃든 것 같아."

그때 힘겹게 신형을 일으켜 세운 모용조경이 아름다운 눈을 차갑게 불태우며 말했다.

"3초지약을 잊어버린 건가요!"

"잊지 않았다."

"한데, 어째서……."

"지루해서 그만뒀다."

"…지, 지루하다니!"

"뻔했거든."

"……."

"앞으로 벌어질 일이. 그렇지 않았다고 생각하나?"

"그건……."

"역시 바보는 아니군."

미미하게 고개를 끄덕여 보인 이현이 수중에서 여전히 진동을 일으키고 있는 천룡보검을 모용조경에게 던져줬다. 주인을 이미 정한 검 따위, 그 역시 관심이 없다.

휘리릭!

자신을 향해 날아온 천룡보검을 만전을 기해 받아든 모용조경의 눈동자가 가벼운 흔들림을 보였다. 내공까지 운기해서 조심스레 받아들었는데, 검이 너무 가볍다. 아무런 암경도 담겨져 있지 않은 것이다.

이현이 피식 웃었다.

"왜? 내가 암경이라도 검에 담아서 던졌을 거라 생각한 건가?"

"……."

"젊은 나이에 이미 무공이 초절정을 바라보는 경지에 근접했다. 내공 수위는 이미 초절정을 뛰어넘었고. 아마 천재적인 무재를 타고난 데다 엄청난 기연까지 얻었을 테지."

'단 2초식의 공방으로 그런 것도 알 수 있단 말인가?'

"게다가 성격 역시 좋게 말하면 세심하고, 나쁘게 말하면 의심이 많아. 고소 모용가의 후예로서 당당하게 어깨를 펴고 강호를 주유해도 될 거야. 단!"

보기 드문 칭찬의 말끝에 목청을 슬쩍 올린 이현이 조금 엄해진 표정으로 말을 이었다.

"향후 좀 더 높은 경지에 오르고 싶다면 반드시 큰 시련을 한 번 정도 겪어야만 할 거야."

"충고인가요?"

"아니. 그냥 변덕이야."

"……."

"그럼 다음에 볼 때는 오늘 펼치지 못한 3초를 마저 보여주길 바라지."

할 말을 끝낸 이현이 모용조경에게 슬쩍 손을 한 번 흔들어 보이고 신형을 돌려 세웠다.

움찔!

모용조경의 천룡보검을 든 어깨가 자동적으로 들썩였다. 자신의 앞에서 태연하게 신형을 돌린 이현의 모습에 깊은 갈등을 느낀 것이다.

그러나 그녀는 이현이 인정한 절세의 기재!

'3초의 약속을 지키지 못할 정도로 그와 나의 무공 격차는

극심했다. 만약 다시 비무에 들어간다 해도 결과는 전혀 달라지지 않을 것이다.'

모용조경의 맑은 눈동자 속에서 이현이 점차 멀어져 갔다.

각인.

결코 잊을 수 없을 만큼 깊게 머릿속에 그 자신의 흔적을 남긴 채로 말이다.

第六章

깨달음!
그것은 무학이 일정한 단계에 도달했을 때
가장 필요한 것이다!

산을 내려와 숭인학관을 바로 앞에 두고서야 이현은 자신
이 뭘 잊어먹었는지 깨달았다.

"아차, 목욕!"

완전히 잊고 있었다.

연일 계속된 글공부에 명민하던 머리 한쪽 구석에 이상이
생긴 것일까? 그게 아니면 모용조경 때문에?

이현은 잠시 모용조경을 떠올렸다.

미인!

무림에 등장한 것만으로 충분히 무수히 많은 추종자를 만들 법한 절세미인이다. 숭인학관의 목연이 탁월한 미인이긴 하나 미모만으로만 볼 때 모용조경에 비교하긴 어려울 듯싶다.

즉, 근래 이현이 본 최고의 미녀!

그게 바로 모용조경이었다.

그러나 이현이 떠올린 건 모용조경의 그 빼어난 외모가 아니었다.


백 년 전의 천하제일가!


고소 모용가에서 온 모용조경은 예상을 뛰어넘는 강력한 무위를 지니고 있었다. 가장 낮춰 잡아도 악영인과 동급! 혹은 그 이상이었다.

'적어도 내공만큼은 무산은 물론이거니와 그 철목령주란 노인네도 뛰어넘는다고 할 수 있을 거다. 막강한 내공을 제대로 갈무리하지 못해서 무공 자체는 아직 절정 후반부에 머물러 있지만.'

대단한 일이다.

과거 이현조차 동 나이대의 모용조경을 완벽하게 이긴다고 자신하기는 힘들 듯했다. 그만큼 그녀의 내공은 상상을 초월할 지경이었다.

그래서 이현은 2초식만에 그녀를 제압했다.

3초식까지 가기 전에 완벽하게 기세를 죽여 버린 것이다.

과연 그건 단지 빼어난 후배의 미래를 생각한 행동이었던 걸까?

이현은 내심 고개를 갸웃해 보였다.

자신의 마음을 잘 모르겠다는 생각이 들어서였다.

그때 숭인학관 정문 앞에 우두커니 서 있는 이현을 발견한 악영인이 환호성을 터뜨리며 달려들었다.

"형님! 형님!"

"어."

이현이 고개를 돌려 고개를 끄덕여 보이자 그를 향해 맹렬한 기세로 달려오던 악영인이 우뚝 멈춰 섰다. 문득 조준에게 자신의 정체가 간파된 사실을 떠올렸기 때문이다.

머뭇! 머뭇!

평소와 달리 자신에게 뛰어들지 않고, 달라붙지도 않는 악영인을 이현이 흥미롭게 바라봤다.

"갑자기 왜 그러냐?"

"아니, 그냥 뭐……."

"뭐?"

"…아무것도 아니우. 그런데 형님, 왜 학관 문 앞에서 서성 거리고 있는 것이우?"

"그냥."

"그냥?"

"그래, 그냥 뭐……."

악영인이 했던 말을 그대로 돌려준 이현이 조금 늦게 등장한 조준을 향해 말했다.

"아직 떠나지 않았군?"

"작은할아버님을 찾지 못했으니까."

"그 작은할아버님이란 분이 청양에 있는 건 맞고?"

"그렇게 알고 왔다."

"말 짧게 하지 말라고 했을 텐데?"

"그러는 당신도 말이 짧은 건 같지 않나? 아니면 겉으로 보이는 것과 다른 것인가?"

'이놈이!'

이현이 조준을 향해 이맛살을 찡그려 보였다.


명왕종의 제자!


역시 골치 아프다.

'그래서 다시는 한데 얽히지 않고자 했는데…….'

내심 고개를 가로저은 이현이 조준에게 뭐라고 다시 말하려다 입을 다물었다.

자박! 자박!

어느새 숭인학관 안쪽에서 목연이 모습을 드러냈다. 식당에서 화채를 만들어서 인재당으로 돌아왔다가 이현이 사라진 걸 알고 찾으러 나선 것이다.

"여기들 모여 있었군요?"

"목 소저……."

"예, 여기 있었습니다!"

목연이 각기 독특한 기도를 풍겨내고 있는 세 남자를 한차례씩 일별한 후 입가에 담담한 미소를 매달았다.

"날이 덥습니다. 인재당에 간단한 다과를 준비해 놨으니, 들어가시지요?"

"…다, 다과라면?"

"화채를 조금 준비해 봤습니다."

"화채!"

이현이 크게 소리친 후 언제 고심에 빠져 있었냐는 듯 숭인학관 안으로 뛰어들어 갔다.

"형님! 같이 갑시다!"

"……."

악영인이 소리치며 이현의 뒤를 쫓자 조준 역시 묵묵히 따라갔다. 목연의 한마디에 세 사람의 기묘했던 대치가 순식간에 깨져 버리고 만 것이다.

잠시 후.

인재당에 흐트러진 자세로 앉은 이현, 악영인, 조준은 목연이 준비한 화채를 즐기고 있었다. 여전히 각자 독특한 기도를 자아내고 있으나 한 가지 공통점이 있다. 수저로 화채를 떠서 연신 입에 가져가느라 손이 꽤나 분주하다는 것이었다.

그때 인재당 안으로 북궁창성이 모습을 드러냈다.

그는 자신의 처소에서 평소처럼 글공부에 집중하던 중 인재당이 소란스러워진 걸 깨달았다. 숭인학관에서 가장 청정해야 하는 곳이 시끄러워졌으니 궁금증이 일지 않을 도리가 없다. 잠시 외면한 채 서책에 집중하려 했으나 결국 참지 못하고 인재당으로 달려오고 말았다.

'인재당에서 저런 짓을……'

북궁창성은 문득 세 사람이 부러웠다.

홀로 처소에서 고독을 벗 삼아 글공부하고 있던 자신의 처지가 무척 쓸쓸하게 느껴졌다. 과거 이현을 만나기 전에는 단한 번도 느껴본 적이 없던 감정이었다.

그때 인재당 밖 중문 앞을 서성이고 있는 북궁창성을 발견한 이현이 얼른 손짓했다.

"북궁 사제, 어서 와! 화채가 아주 시원하니까 와서 한 입 먹어보라구!"

'헐!'

악영인이 벙찐 표정으로 이현을 바라봤다.

먹을 것을 남에게 권하는 이현이라니!

평소라면 상상조차 하지 못했을 일이었다. 게다가 상대가 하필 북궁창성이었다.

찌릿!

악영인이 눈에 힘을 주고 북궁창성을 노려봤다. 그가 오지 않기를 바라는 마음에서다.

그러나 어느새 북궁창성은 중문을 넘어 다가오고 있었다.

악영인의 싫은 눈빛 따위는 전혀 개의치 않는다.

이현이 직접 불렀기에.

"이 사형! 목 소저! 잠시 실례하도록 하겠습니다!"

"북궁 공자, 너무 예의를 갖출 필요는 없어요. 이곳 인재당은 언제나 숭인학관의 학생과 학사들에게 개방되어 있으니까요."

"고마운 말씀이십니다. 하나 이 사형의 공부가 중하니, 되도록 두 분의 수학(修學)을 방해하지 않으려 할 뿐입니다."

악영인이 나직이 중얼거리며 고개를 옆으로 돌렸다.

"아첨꾼!"

"……"

북궁창성의 서늘한 시선이 악영인을 잠시 향했다가 거둬졌다. 이런 식의 도발, 이젠 익숙해졌다. 굳이 반응을 보여서 악영인을 기쁘게 해줄 생각은 없었다.

북궁창성까지 인재당에 오자 한동안 분위기가 화기애애해졌다. 목연이 준비한 화채를 네 명의 사내는 한동안 묵묵히 즐겼다. 역시 여름에는 화채가 아니겠는가.

그렇게 얼마나 지났을까?

목연이 뒷정리를 위해 다시 식당으로 떠나자 이현이 갑자기 떠오른 듯 북궁창성에게 넌지시 물었다.

"북궁 사제, 남운은 어때 보이지?"

"남 소협은 순후하고 바른 성품을 지녔습니다."

"무공에 대해서 묻고 있는 거야."

바로 직설적인 대답을 요구당하자 북궁창성이 잠시 곤혹스러운 표정을 짓다가 말했다.

"남 소협 덕분에 근래 본가의 무공 중 몇 가지 묘수를 깨달을 수 있었습니다."

"그⋯⋯."

이현이 뭐라 다시 말하려 하자 악영인이 얼른 끼어들었다.

"뭘 말을 그렇게 돌려 하는 거야? 형님이 묻고 있는 건 남운이가 제대로 종남파 무공을 익혔냐는 거잖아!"

북궁창성의 시선이 악영인을 향했다. 눈가에 질책의 빛이 담겨 있다.

"왜? 뭐?"

악영인이 도발적으로 북궁창성에게 들이댔다. 어떻게든 그와 한판 뜨고 싶어 하는 기색이 농후하다. 전날 두 사람의 비무 중 이현이 북궁창성의 편을 든 이래로 참 변함없이 일관된 태도다.

그러나 북궁창성이 한 가지 간과한 점이 있었다.

악영인이 평소보다 더 과한 행동을 보이고 있다는 것이었다. 그는 조준에게 자신의 정체를 들킨 후 평소처럼 이현에게 스스럼없이 들이댈 수 없게 되었다. 마음이 불안하니 행동에 과격함이 묻어 나오는 것도 무리는 아닐 터였다.

그러거나 말거나 북궁창성은 다시 악영인에게서 시선을 떼고, 이현에게 솔직하게 말했다.

"남 소협은 중상(中上)의 인재라 생각합니다. 그러나 타고난 인성이 훌륭하니……."

"무림인이 인성만 훌륭해서 어따 써!"

"……."

"그리고 중상이 아니라 중중(中中)이다. 만약 중상 정도만 되었어도 북궁 사제하고 대련을 하게 하진 않았을 거야."

"그건 염려하실 필요 없습니다. 우리 두 사람은 여태까지 단 한 번도 진짜 무공을 사용해서 대련을 하지 않았으니까요."

따악!

이현이 갑자기 손을 뻗어서 북궁창성의 이마를 때렸다. 손이 워낙 빨라서 북궁창성은 그냥 두 눈 뜨고 당해야만 했다.

당황감을 느낄 수밖에 없다.

근래 그는 남운과 대련을 하는 한편 꾸준히 북궁세가 비전의 소천신공을 연공하고 있었다.

비록 아직은 소주천 정도밖에 이루지 못했으나 몸의 움직임이나 안력은 이미 눈에 띌 정도로 상승해 있었다. 이렇게 눈앞에서 펼쳐진 평범한 손동작에조차 아무런 반응을 보이지 못하자 내심 당황하면서도 이현을 보는 시선이 달라지지 않을 수 없었다.

'이 사형은… 이렇게나 대단한 고수였구나!'

본래 아는 만큼 보이는 법이다.

북궁창성이 비록 이현이 인정한 기재이긴 하나 그동안 제대로 무공 수련을 할 수 없었다. 천하가 인정한 천하제일인의 대적자가 가진 광대한 무학의 깊이를 알 수 있었을 리 만무하다.

그때 당황감 때문에 머리의 통증마저 느끼지 못하고 있는 북궁창성에게 이현이 말했다.

"내가 무공의 유출을 걱정하고 있는 것 같나?"

"하면 이 사형이 걱정하시는 건 무엇인지요?"

"자신의 한계를 아는 것… 이랄까?"

"……."

북궁창성이 잘 이해하지 못하겠다는 표정을 지어 보이자 이현이 눈살을 찌푸리며 말을 이었다.

"북궁 사제는 상상(上上)의 인재야. 게다가 태어났을 때부터 절맥증을 고치기 위해서 북궁세가에서 무수히 많은 영약을 복용시켜서 몸속에 내공진기가 둥둥 떠다니고 있어. 그동안은 절맥증으로 인해 몸속의 기혈이 꼬이고 막혀서 단지 목숨을 이어주는 용도밖엔 쓸모가 없었지만… 지금쯤 슬슬 진행되기 시작되었을 거야."

"뭐가 진행되었는데요?"

악영인이 끼어들자 이현이 그의 이마에도 군밤을 줬다.

움찔!

북궁창성과 달리 악영인은 어깨를 가볍게 꿈틀거리며 저항하려다 결국 이현의 손길을 받아들였다.

따악!

"왜 안 피하냐?"

"왜 때렸수?"

"내가 먼저 질문했다만?"

"그렇게 따지면 질문은 내가 먼저 했수!"

악영인이 질문을 회피하며 따지고 들자 이현이 그를 무시하고 북궁창성을 바라봤다. 자신이 한 말을 듣고 골똘한 생각에 잠긴 그의 표정을 확인하기 위함이었다.

'과연 기재로군. 내 말을 듣자마자 바로 깨닫는 게 있다
니……'

깨달음!

그것은 무학이 일정한 단계에 도달했을 때 가장 필요한 것
이었다. 한계를 부숴 버리고 뛰어넘는 데 그 이상의 것은 없다
고 할 수 있었다.

그러나 그런 게 아무한테나 오는 게 아니다.

부단한 노력.

명문의 신공절학.

타고난 무공 재지.

그리고 뛰어난 사부의 세심한 가르침이 동반되어야만 가능
한 일이었다.

특히 일류에서 절정, 절정에서 초절정, 초절정에서 절대지경
으로의 도약은 뒤로 갈수록 엄청나게 힘들어진다.

위에 열거한 것들로도 무난하게 이룰 수 있는 건 절정일
뿐. 그 뒤에 오는 초절정과 절대지경을 이루기 위해선 상상을
초월할 만한 실전 경험이나 광세의 기연을 얻어야 가능하다고
할 수 있었다.

그런 점에서 이현이 보는 북궁창성은 위의 네 가지를 기본
으로 갖추었고, 뒤의 하나 역시 서서히 이뤄가고 있는 일종의

행운아였다.

앞서 말한 것처럼 태어났을 때부터 병약했던 그의 몸속에는 엄청난 영약의 기운이 잠재되어 있었고, 절맥증을 이겨내기 위해 부단히 자신의 한계를 시험해 왔다.

이제 이현에 의해 절맥증이 치료되었으니, 무학의 비약적인 상승은 이미 결정된 것이나 다름없었다. 중간에 심마에 빠지지만 않는다면 말이다.

그래서 이현은 일부러 종남파의 기대주인 남운을 북궁창성에게 붙여서 자주 무공을 대련하게 했다. 남운을 통해서 북궁창성을 자극하려 했고, 북궁창성의 비약적인 성장을 보고 남운이 각성하길 바라는 마음에서였다.

'그런데 북궁 사제는 그런 내 예상조차 뛰어넘는 인재로구나! 향후 무림의 후기지수 중 북궁 사제와 무산이가 첫째, 둘째를 다투는 날이 올지도 모르겠어. 아니지! 또 한 명이 있었는데, 빼먹을 뻔했군.'

이현은 모용조경을 떠올렸다.

자신의 말을 듣고 바로 깨달음에 들어간 기재 북궁창성!

실전의 괴물 악영인!

두 사람의 장점을 모용조경은 한꺼번에 가지고 있었다. 현재로선 단연 후기지수 중 으뜸이라고 손꼽을 수 있으리란 생각이 들었다.

깨달음! 그것은 무학이 일정한 단계에 도달했을 때 가장 필요한 것이다! 179

그때 평소처럼 이현에게 엉기려던 악영인이 조준의 눈치를 살폈다.

일부러 그런 게 아니다.

자연스럽게 그렇게 되었다.

'빨리 그 작은할아버님이란 분의 행방을 찾아서 조준 이 인간을 숭인학관에서 쫓아내야겠다!'

악영인이 내심 조준을 쏘아보다 문득 시선을 중문 쪽으로 돌렸다. 중문 쪽으로 다가오는 인기척을 느꼈기 때문이다.

그러자 이현이 갑자기 나직이 탄성을 발했다.

"이런! 꼬리를 밟힐 줄이야!"

'꼬리를 밟혀?'

악영인이 의아한 표정을 지어 보일 때 인재당의 중문에 소화영과 그림같이 아름다운 절세미녀가 모습을 드러냈다. 대략 반시진 전쯤 숭인학관의 뒷산에서 목욕을 하다가 이현과 2초 비무를 벌였던 모용조경이었다.

소화영이 인재당 안에 모인 사람들을 살피고 의미심장한 표정으로 악영인을 바라봤다. 눈매가 여우가 웃을 때처럼 가늘어진 것이 뭔가 무척 즐거워 보인다.

"악 공자, 반가운 손님이 찾아오셨답니다!"

"반가운 손님?"

악영인이 모용조경의 절세적인 미모를 눈으로 살피고 미간을 살짝 찡그려 보였을 때였다.

슥!

문득 소화영의 옆을 스치며 신형을 날린 모용조경이 악영인을 향해 파고들었다.

스파팟!

어느새 그녀의 손에는 천룡보검이 들려 있었다. 곧바로 성광추혼검을 펼쳐내니 검신에서 무지개 같은 검광이 뻗어 나와 단숨에 악영인을 찔러간다.

'검기? 아니다! 저건 검강이다!'

단숨에 자신을 향해 뻗어온 성광추혼검의 검강을 두른 천룡보검에 악영인은 안색이 굳었다. 오랜만에 이현과 함께 즐거운 한때를 보내다 이런 기습적인 공격을 당하게 되었으니, 어쩌면 당연한 일이겠다.

그러나 악영인은 관외의 전신이라 불린 자다. 이현이 인정한 후기제일지수의 후보이며, 실전 경험에 있어선 타의 추종을 불허한다고 할 수 있었다.

스윽!

찰나의 순간, 모용조경의 천룡보검에 담긴 기운의 정체를 꿰뚫어 본 악영인이 앉은 자세로 신형을 뒤로 눕혔다.

아주 잠시 동안만 그리했다.

순간적으로 모용조경의 천룡보검이 궤적을 달리했기에.

깨달음! 그것은 무학이 일정한 단계에 도달했을 때 가장 필요한 것이다! 181

'변초 역시 자유자재!'

내심 다시 미간을 찡그려 보인 악영인이 신형을 옆으로 굴렸다.

빙그르르!

딱 다섯 번만 그리했다.

그리고 발끝을 오므려 마루를 살짝 차자 악영인의 신형이 공중으로 쑥 치솟아 오른다.

흡사 일학충천의 기세!

아니다.

그렇게 간단한 변화가 아니다.

파파파파팍!

뒤이어 공중에서 신형을 거꾸로 회전시킨 악영인의 발끝이 벼락같이 모용조경의 검끝을 걸어찼다.

첫 일 검!

그 벼락이 떨어진 듯한 속도의 검격 이후에 검강이 사라진 걸 확인하고 반격에 나섰다.

그러자 모용조경이 검날을 교묘하게 비틀었다. 검기의 사이를 뚫고, 검날을 걸어차 오는 악영인의 원앙연환퇴에 손목을 한차례 꺾는 것으로 반격을 가한 것이다.

'으아!'

악영인이 내심 기함을 터뜨리며 모용조경의 검날을 걸어차려던 자신의 발을 다른 쪽 발로 걷어찼다. 그대로 공격을 계속했다간 발목이 썩둑 잘려 버릴 게 뻔했기 때문이다.

우당탕!

결국 악영인이 인재당 마당에 나뒹굴었다. 모용조경의 검을 피하기 위해 스스로 자신을 자해하며 벌어진 일이었다.

이현이 경고하듯 말했다.

"무산아, 그 검 보검이다!"

"알고 있수!"

버럭 소리치며 악영인이 신형을 일으켜 세우자 모용조경이 이현을 향해 서늘한 시선을 던졌다.

"이건 개인적인 은원을 건 싸움이니, 귀공은 끼어들지 말길 바랍니다!"

"무산아, 들었지?"

"들었수!"

"들었다는군."

이현이 태연하게 말하자 모용조경이 미묘한 표정을 남긴 후 곧바로 마당으로 뛰어내렸다.

그러나 그때 이미 악영인은 빈손이 아니었다.

붕! 붕!

어느새 허리춤에서 빼든 장창을 한 손에 든 채 가볍게 흔드는 모습이 가히 천군만마를 앞에 둔 맹장과 같다.

이현이 말했다.

"밖으로 나가는 게 어떻겠소?"

"승부가 길어질 거라 생각하지 않아요."

"자만심이 대단하군! 모용가의 성광추혼검이 비록 대단한 절학이긴 하나 이미 백 년 전에 그 빛이 쇠했을 터!"

"……."

모용조경의 별빛 같은 눈에 차가운 기운이 담겼다. 악영인은 방금 전 고소 모용가의 역린을 건드렸다. 격장지계를 사용한 것이다.

이현이 내심 고개를 가로저었다.

'무산아! 상대를 잘못 봤다! 그 예쁜 아가씨는 그런 식의 격장지계에 쉽사리 넘어… 가네?'

이현의 동공이 크게 확장된 것과 동시였다.

스파앗!

순간 검과 하나를 이룬 모용조경이 악영인이 자연스럽게 이루고 있던 장창의 세력권 안으로 뛰어들었다. 누가 봐도 악영인이 던진 미끼를 덥석 문 것 같은 형세!

스으― 팟!

악영인의 장창이 기다렸다는 듯 맹렬한 회전을 보이며 모용조경을 향해 뻗어 나갔다.

악가신창술! 무형쌍호난!

처음부터 강력한 초식을 펼쳤다.

전력을 다했다.

그만큼 모용조경을 강적으로 상정한 것이다.

그런데 악영인의 무형쌍호난이 막 검과 하나가 된 모용조경을 관통해 버리려는 찬나!

휘리리릭!

순간적으로 신형을 검과 함께 회전시킨 모용조경이 거짓말처럼 악영인의 배후로 돌아 들어갔다.

'애초부터 허초였던건가?'

악영인은 내심 혀를 내두르며 무형쌍호난을 펼쳤던 장창을 돌려 등을 방어했다.

카캉!

장창에서 불똥이 튀어 올랐다.

관외에서부터 백전(百戰)을 함께해 왔던 악영인의 장창의 창대에 깊숙한 흠집이 났다. 만약 평범한 장창이나 병기였다면 간단히 절단되어 버렸으리라.

이현이 또 한 번 소리쳤다.

"무산아, 그 검 보검이라니까!"

"알고 있다고 했잖수!"

이현을 향해 버럭 소리 지른 악영인이 신형을 낮춘 채로 장창을 휘둘렀다. 모용조경의 하체를 공격해서 다시 날아 들어온 그녀의 검세를 흐트러뜨리기 위함이었다.

그러나 어느새 모용조경은 뒤로 물러나 있었다.

정확히 창세로부터 반 뼘가량 떨어진 곳으로 말이다.

'내 창격의 범위까지 읽었다? 도대체 얼마나 악가신창술에 대해서 연구한 거야!'

짜증이 난 악영인이 창대를 쥔 손을 비틀며 기력을 뿜어냈다.

파아앗!

그러자 모용조경의 신형이 분신을 일으켰다.

방금 전처럼 아예 사람이 사라지진 않았으나 악영인의 안력을 홀릴 정도는 되었다. 환각을 일으켰다. 사람 자체가 몇 개로 나뉜 것 같이 말이다.

'이형환위?'

하나 모용조경이 한 가지 간과한 사실이 있었다.

관외의 전장에서 단련된 악영인의 오감!

눈은 홀렸으되, 그녀의 나머지 감각까지 속일 수는 없었다.

파창! 파창!

악영인이 연달아 장창을 휘둘러 분신을 일으킨 모용조경의 검격을 모조리 튕겨냈다.

그리고 순간적으로 장창을 발로 차서 공중으로 띄워 올린 악영인이 전궁보의 방식으로 모용조경의 품속으로 파고들었다. 그녀의 검격을 받아내는 동안 오감을 총동원해 실체와 허체를 구별하는데 성공한 것이다.

그러자 황급히 천룡보검을 끌어당겨 방어에 들어간 모용조경!

성광추혼검 5초 성광밀밀!

성광추혼검법 최강의 방어초식이 펼쳐졌다. 별빛 검기를 몸 전체에 둘러서 철통같은 방어를 획책한다. 그 검기의 밀도는 찰나에 불과하나 폭우에도 몸이 젖지 않을 정도!

"큭!"

악영인이 짤막한 신음과 함께 뒤로 튕겨 나갔다. 그녀가 전궁보와 함께 펼친 회심의 암경(暗勁)이 실패로 돌아가고 만 것이다.

하나 아직 악영인에겐 숨겨둔 한 수가 존재했다.

휘리릭!

그녀가 성광밀밀에 밀려 뒤로 물러선 것과 거의 동시에 하늘에서 장창이 떨어져 내렸다. 그리고 한 손으로 길게 잡힌 채 대회전을 이루기 시작한다.

악가신창술! 참마광륜격!

"아!"

모용조경의 입에서 처음으로 당혹 어린 신음이 흘러나왔다.

그녀가 펼친 성광밀밀의 기운이 다한 순간을 노려 파고든 악영인의 참마광륜격에 목이 잘릴 위기에 처하고 말았기 때문이다.

파창!

그러나 그 순간 모용조경의 천룡보검이 기괴한 궤적을 그렸고, 악영인의 장창이 두 토막으로 잘려 버렸다. 갑자기 승부의 추가 한쪽으로 확 기울어져 버린 것이다.

수중의 반 토막 난 장창을 바라보며 악영인이 혀를 찼다.

"쳇! 결국 부러졌네!"

슥!

모용조경은 더 이상 공격하지 않고 뒤로 물러섰다. 그녀가 천룡보검을 거두며 말했다.

"아까운 승부였네요."

악영인이 울컥한 표정이 되었다.

"설마 병기의 우월함으로 한 수 득수한 걸로 승패를 가리고자 하는 것이오?"

"물론이에요."

"이……."

"하면, 악 공자는 그동안 관외의 전장에서 항상 동등한 병기만 가지고 싸워왔던 건가요?"

"……."

악영인이 입을 다물었다. 모용조경에게 허를 찔렸다. 말문이 막혀서 뭐라고 대꾸하기가 어렵다.

그때 이현이 대소를 터뜨렸다.

"하하하하!"

모용조경과 악영인의 시선이 일제히 그를 향했다. 두 사람 모두 그의 품평에 관심이 간 것이다.

웃음을 멈춘 이현이 말했다.

"고작 비무 따위로 뭘 그리 따지나?"

"형님!"

"고작이라니……."

"아니면 방금 전에 두 사람 모두 목숨을 걸고 싸웠던 것이냐?"

준엄해진 이현의 말에 모용조경과 악영인이 움찔한 표정이 되었다. 그의 말이 옳다는 걸 두 사람 모두 알고 있었다. 그렇지 않았다면 어째서 모용조경이 악영인의 장창을 자른 후 천룡보검을 거둬들였겠는가.

잠시의 침묵 끝에 모용조경이 담담하게 말했다.

"이번 비무는 일단 무승부로 정하도록 하지요."

악영인이 화답했다.

"그렇게 합시다. 그런데 강동제일미녀라 불리는 천룡검후가 어째서 섬서성까지 온 것이오?"

"천룡검후!"

모용조경을 숭인학관 앞에서부터 안내해 온 장본인인 소화영이 놀라서 소리 질렀다.

그럴 수밖에 없다.


강동제일미녀 천룡검후!


근자에 강동 무림에 모습을 드러낸 절세미녀의 명호이다.

그녀는 홀연히 강동 무림에 등장해서 뭇 사내들의 가슴을 설레게 만들었는데, 곧 엄청난 무위로 무림 전체를 뒤흔들어 놓았다. 그녀에게 청혼하다가 무력을 사용한 사마외도의 마두들을 수중의 천룡보검으로 단숨에 일도양단해 버렸기 때문이다.

그렇게 그녀의 손에 목숨을 잃은 사마외도 마두들의 숫자가 십수 명이 넘어가자 무림의 호사가들은 천룡검후란 명호를 만들어냈다. 꽤 많은 대결을 벌였음에도 정확한 사문 내력이 소문나지 않았기에 가지고 다니는 보검을 빗대 천룡검후라 부르게 된 것이다.

그러나 아직까지는 호사가들에게만 유명한 명호였다.

강동 무림에 등장한 후 1년이 넘도록 천룡검후는 다른 지역에 출몰하지 않았다. 그저 강동 일대를 돌아다니면서 천하절색의 미모와 무쌍의 무위를 자랑할 뿐이었다.

하나 소화영은 꽤나 오래전부터 천룡검후를 동경하고 있었다. 강호의 호사가들의 애기를 듣는 걸 즐기던 터라 무림에 새롭게 등장한 절세미모의 여걸에게 흠뻑 빠져 버렸다. 그녀를 통해 일종의 대리만족을 느끼는 까닭이었다.

'그런데 천룡검후가 왜 악 공자를 찾아와 싸움을 건 걸까? 처음에는 둘이 그렇고 그런 사이인 줄 알았는데, 죽자고 싸우는 걸 보면 또 원수 같기도 하고?'

소화영은 고개를 갸웃거리면서도 모용조경의 얼굴을 뚫어져라 바라봤다.

과연 명불허전(名不虛傳)이다.

모용조경은 정말 예뻤다!

같은 여자가 보기에도 과도할 만큼 예뻤다!

평소 자신의 외모에 자부심을 갖고 있었던 소화영도 모용조경의 미모는 인정하지 않을 수 없었다. 은근히 미모를 견주던 목연과는 아예 체급 자체가 다른 것이다.

'그런데 또 이렇게 두 사람을 보니 그림은 되네. 악 공자도 성격이 지나치게 괄괄하고 놀기를 좋아해서 그렇지 얼굴만큼은 곱상하니 예쁘게 생겼으니까. 하지만 역시 나는 북궁 공자님이 취향이야. 악 공자는 지나치게 곱상해서 종종 나보다 더 예뻐 보이니까.'

다시금 북궁창성에 대한 연모지심을 불태우는 소화영이었다.

그때 소화영의 이 같은 인물 품평을 아는지 모르는지 모용조경이 악영인에게 한 걸음 다가섰다.

우웅!

그와 함께 그녀가 거두었던 천룡보검이 나직한 울음을 토해낸다. 갑자기 태도가 돌변한 모용조경과 어우러져 묘한 귀기를 느끼게 한다.

"악 공자, 처음부터 내 정체를 알고 있었던 건가요?"

"전혀."

"그럼 나와 싸우던 중 알게 된 거로군요?"

"그렇소."

"그럼 혈맹지약에 대해서도 아시겠네요?"

"……"

악영인의 태도가 곤혹스러워졌다.

혈맹지약!

산동악가가 사패의 일좌인 동패가 되기 전.

그러니까 고소 모용가가 천하제일가로 불리던 백 년 전에 두 가문이 맺은 피의 맹세를 뜻한다. 각기 무림과 군문을 대표하던 모용가와 악가는 잦은 혼사를 통해서 끈끈한 유대를 유지하고 있었다. 어떤 위기가 와도 두 가문이 한데 힘을 합할 것을 암중에 약속한 것이다.

그러나 백 년이란 세월이 흘러 세상은 바뀌었고, 인심 또한 마찬가지였다.

천하제일가였던 고소 모용가는 세가 흩어져 간신히 가문의 명맥만 잇게 되었고, 산동악가는 당당히 천하 사패의 주축이 되었다. 두 가문의 명암이 백 년 만에 놀라울 정도로 갈리게 된 것이었다.

그래서 십수 년 전부터 두 가문의 혈맹지약은 거의 효력을 발휘하지 못하게 되었다. 백여 년간 이어져 내려온 혼사는 사라졌고, 끈끈했던 교류 역시 끊겨 버렸다.

그런데 어째서 거의 백 년 만에 무림에 등장한 고소 모용가의 절정고수 모용조경은 해묵은 혈맹지약을 들먹이는가.

'설마?'

문득 쌍둥이 오빠 무산과 관계된 사항을 떠올린 악영인이 떨떠름하게 말했다.

"천룡검후가 혈맹지약을 언급한 건 혹시 선대의 약속 때문인 것이오?"

"역시 악 공자도 알고 있었군요. 우리가 태중정혼한 사이임을."

"태, 태중… 쿨럭!"

악영인이 자신도 모르게 사래가 걸린 것처럼 기침을 터뜨렸다. 설마 처녀인 모용조경이 이렇게 대놓고 두 사람의 사이를 공식화할 줄은 몰랐기 때문이다.

모용조경의 안색이 차갑게 변했다.

"설마 악 공자에겐 따로 마음에 둔 여인이 있는 건가요?"

"없소! 그런 건!"

모용조경의 안색이 조금 풀렸다.

"그런데 어째서 그렇게 여인에게 상처를 주는 표정을 짓는 것이죠?"

"그, 그런 건 아니오만……."

"그럼, 혈맹지약을 지키실 건가요? 분명 그렇게 하시겠다고 지금 이 자리에서 약조를 하실 건가요?"

"……"

악영인은 연달아 질문하는 모용조경이 무섭다고 생각했다. 현재 그녀가 발산하는 압박의 수위는 그녀가 경험한 중 최고라고 단언할 수 있을 터였다.

그때 이현이 인재당을 빠져나와 두 사람 사이로 걸어왔다.

'혀, 형님! 구해주십시오! 구해주세요!'

간절한 악영인의 눈빛을 따뜻하게 받아주고 이현이 모용조경에게 말했다.

"모용 소저, 무산을 대신해 환영하오! 혼인식은 언제 할 생각이오?"

"컥!"

악영인의 입에서 숨넘어가는 소리가 터져 나왔다. 설마 이현이 이런 식으로 나올 줄은 몰랐기 때문이다.

第七章

네가 강동제일미녀한테 장가가라!

밤.

어둠의 기운이 깃들기 시작한 숭인학관으로 시원한 바람이
불어왔다.

인재당에서 여태까지 공부에 집중하고 있던 이현이 거처인
청풍채로 걸음을 옮기며 기지개를 켰다.

"으아아, 죽을 것 같다! 정말 죽을 것 같아!"

"어디서 죽는 소릴 하는 거유?"

어디에서 튀어나왔는지 악영인이 어둠을 헤치고 이현에게
다가왔다. 그녀의 도톰하니 석류를 닮은 입술은 평소보다 두

배쯤 앞으로 튀어나와 있었다. 노골적으로 화가 났음을 이현에게 드러내고 있는 것이다.

이현은 개의치 않았다.

힐끗!

악영인을 곁눈질한 그가 평소와 다름없이 시큰둥한 반응을 보였다.

"자식, 배부른 소리하고 있네!"

"배, 배부른 소리라니……."

어이없어서 몸까지 부르르 떨어 보이는 악영인의 어깨를 이현이 가볍게 끌어안았다.

"부럽다! 진심으로 부럽다!"

"…뭐가 부럽다는 거유?"

"고소 모용가의 무공은 백 년 전 천하제일을 논할 정도로 대단하다. 그런 곳의 무공 진전을 이은 천룡검후와 혼인하게 되었으니 그 어찌 부러운 일이 아닐 수 있겠느냐?"

'모용 소저가 예뻐서 부러운 게 아니고?'

악영인이 묘한 표정으로 이현을 바라보고 짐짓 눙치듯 말했다.

"그렇게 부러우면 형님이 천룡검후를 데려가시우!"

"내가?"

"그렇수! 나는 일 없으니까 형님이 천룡검후를 데려가서 그

대단한 모용가의 무공을 잔뜩 물고, 뜯고, 맛보고, 즐기시구려!"

"흐음."

이현이 턱을 손으로 매만지며 갑자기 말수가 적어졌다. 악영인의 말을 꽤 진지하게 생각하는 듯한 표정이다.

악영인이 약이 올라 한마디를 더 보탰다.

"게다가 천룡검후는 강동제일미녀요! 강동제일미녀! 그만한 절세미인이라면 전날 형님이 말했던 천하제일미녀의 기준에 부합하는 게 아니우?"

"오! 듣고 보니 그렇기도 하군!"

"……"

"확실히 그래!"

연달아 소리치면서 자신의 손바닥을 주먹으로 내려치는 이현을 악영인이 감정을 담아 노려봤다.

이현을 만난 후 처음이다.

정말 그를 보고 있는 게 싫었다.

명치를 아주 세게 주먹으로 때리고 싶었다.

한데, 갑자기 이현이 고개를 가로젓는 게 아닌가.

"아쉽지만 그건 안 되겠다."

"어째서 그렇수?"

"일단 첫째로 나는 지금 수험생 입장이라 여자를 멀리해야

하고. 둘째로 종남파 제자인 내가 타문파의 무공을 탐할 이유가 없다."

"대단한 자부심이구려?"

"적당한 자부심이라 봐주라. 내가 이래 봬도……."

이현이 말끝을 살짝 흐렸다.

눈앞의 악영인.

그와는 어느새 형제 같은 사이가 되었으나 아직 자신의 정체를 있는 그대로 밝힐 수는 없다는 판단이었다.

본래 낮말은 새가 듣고, 밤말은 쥐가 듣는다지 않은가.

종남파의 마검협이 대과를 치루기 위해 숭인학관에서 수험생이 되었다는 소문이 무림이 난다면 생각만 해도 끔찍한 일이 벌어질 터였다.


출종남천하마검행!


그동안 이현과 원한을 맺은 사람과 문파의 숫자는 상당히 많았다. 그들이 복수를 위해 종남파에는 찾아갈 수 없겠으나 숭인학관까지 두려워할 것 같진 않았다. 종남파에 자신의 정체가 들통나는 것과는 또 다른 문제가 발생할 수 있는 것이다.

내심 생각을 정리한 이현이 히죽 웃어 보였다.

"…종남파의 제자다! 자파의 무학에 대한 자부심을 갖는 건 당연한 일이지 않겠냐?"

"형님 말씀이 옳습니다."

"그렇지?"

"예, 그런데 형님은 어째서 저한테는 모용가의 무학을 탐하라고 하시는 겁니까?"

"그야……"

"지금 형님, 우리 악가를 무시하는 겁니까?"

악영인이 연달아 목소리를 높이며 압박을 가하자 이현이 어깨를 가볍게 추어 보였다. 논리에서 밀리는 걸 느꼈기 때문이다. 하지만 그냥 이대로 악영인에게 지고 들어가고 싶진 않았기에 다른 쪽을 공격하기로 했다.

"…너희 정혼했잖아!"

"예? 그, 그야……"

"무슨 혈맹지약 어쩌구 하는 걸 했다며? 그래서 태중정혼을 한 상태라며?"

"…그건 선대의 약속일 뿐입니다!"

"그럼 깨게? 천룡검후가 그 먼 강동에서 널 찾아서 섬서 땅까지 왔는데, 선대의 일이니 나는 모르겠다! 그냥 없었던 일로 하자! 그렇게 말할 작정이야?"

"……"

악영인이 잠시 할 말을 찾지 못해 머뭇거리자 이현이 다시 악영인의 어깨에 팔을 둘렀다.

"뭐, 어찌 됐든 네 말대로 엄청난 미인이잖냐! 그런 미인과 혼인을 할 수 있는 기회는 그리 많지 않으니까 그냥 못 이기는 척 천룡검후와 혼인해라!"

"형님!"

"어."

"뭔가 달리 노리는 바가 있구려?"

'쳇! 눈치챘군! 내 배 속의 회충 같은 놈 같으니라고!'

이현이 악영인의 변한 말투와 표정을 보고 내심 혀를 차며 그녀의 어깨에서 팔을 거뒀다. 방어적인 태도를 견지하게 된 것이다.

"내가 뭘 노린다는 거냐?"

악영인이 그러면 그렇지 하는 표정으로 공격에 나섰다.

"솔직히 말하슈! 나하고 천룡검후를 엮으려는 이유에 대해서 말이유!"

"엮긴 뭘 엮어. 의형으로서 나는 그냥 너하고 천룡검후가 잘 어울리는 한 쌍이라고 생각했을 뿐이다."

"거짓말! 형님이 먹을 거하고 시험에 관한 일 외에 그렇게 적극성을 띄는 걸 내가 본 적이 없수! 자꾸 그딴 식으로 나오면 내일부터 나는 숭인상단에 출근하지 않을 작정이니 그리

아시우!"

"출근은 해야지!"

"아, 몰라! 나는 모르는 일이니까 내일부터 숭인상단에는 형님이 출근하시우! 거기 요즘 창업 준비와 사세 확장 문제로 한참 일이 쌓여서 눈코 뜰 새 없이 바쁘니까 아마 형님 글공부에 큰 도움이 될 거유!"

자기 할 말만 하고 청풍채를 떠나려는 악영인의 소매를 이현이 얼른 붙잡았다.

"갑자기 어딜 가려는 거냐?"

"가서 잠이나 자려우. 형님도 이만 주무시우. 내일부터 숭인상단으로 출근하려면 일찍 주무시는 편이 좋지 않겠수?"

이현이 결국 속내를 털어놓았다.

"곧 내가 서안으로 떠나야 하잖냐!"

"그래서요?"

"게다가 나만 떠나는 게 아니라 북궁 사제하고 너도 함께 가니, 숭인학관이 텅 비지 않겠냐?"

악영인의 눈에 이채가 어렸다.

"설마 형님, 숭인학관의 경비를 천룡검후에게 맡길 속셈이셨수?"

"어."

"……."

악영인이 이현의 솔직담백한 대답에 얼굴을 푸들거리다 결국 크게 웃어댔다.

"푸하하하하하핫!"

"……."

"아이구! 눈물 나! 정말 형님도 못 말리는 사람이우! 어떻게 천룡검후를 보고 그런 생각을 할 수 있는 것이우? 아마 강동의 무림인들이 형님 말을 들었다면 분기탱천해서 당장 죽이겠다고 달려왔을 것이우."

"강동 무림인들이 왜?"

"그야… 아니우! 그만둡시다!"

여전히 웃음 띤 얼굴로 손을 흔들어대는 악영인을 바라보는 이현의 시선이 진지해졌다.

"그러니 안 되겠냐?"

"미안하지만 안 되겠수. 형님 뜻은 알겠지만 어찌 그런 일로 인류지대사를 정할 수 있겠수?"

"그러냐."

"미안하우."

"그럼 속이자!"

"예?"

이현이 한 말의 의미를 곧바로 이해하지 못한 악영인이 당황한 표정을 지어 보였다. 그러자 이현이 자신의 계획을 털어

놓기 시작했다.

"당분간만 천룡검후에게 너와 혼인할 거란 믿음을 주란 뜻이다. 우리가 서안에서 시험을 마치고 돌아올 때까지만 말야."

"뒷감당은 어찌하고요?"

"내가 하마."

"어떻게요?"

"내가 천룡검후에게 자초지종을 설명하고 용서를 구하겠다는 거다. 그러면 되지 않겠냐?"

'안 될 것 같은데……'

악영인의 솔직한 심경이었다.

그러나 그녀는 이현의 어느 때보다 진지한 표정을 보고 그동안 그가 느꼈을 고민의 무게를 느꼈다. 숭인학관이 공격당했을 때 자신은 없었다는 부채감 역시 작용했다.

잠시 고민한 끝에 그녀가 말했다.

"…그럼 형님 말대로 잠시 동안만 천룡검후의 비위를 맞추도록 하겠수."

"고맙다!"

이현이 악영인의 손을 덥석 잡고 흔들었다. 진짜 기분이 좋아진 듯싶다.

'손 크네……'

악영인이 이현과 자신의 손 차이를 느끼며 슬며시 안색을 붉혔다. 평소에 그렇게 자주 몸을 부딪쳤는데 이런 기분은 처음이다. 조준에게 정체가 들통난 후 자꾸 지금처럼 이현을 의식하게 되어버린다.

슥!

슬며시 이현에게서 손을 빼낸 악영인이 오뚝한 코끝을 살짝 찡그려 보이고 말했다.

"그럼, 나는 이만 자러 가겠수."

"오냐."

이현이 손을 흔들어줬다. 평소에나 저렇게 살갑게 대할 것이지.

힐끔.

이현을 살짝 곁눈질한 악영인이 발걸음을 빨리했다. 왠지 얼굴이 뜨끈하게 달아오르고 있었다.

\*          \*          \*

'그렇게 나오시겠다……'

모용조경은 숭인학관이 그대로 내려다보이는 나무 위에 몸을 은신해 있다가 고운 눈매를 찡그려 보였다.

이현.

악영인.

두 사람과 하루 새 모두 겨뤄본 바 있는 모용조경이었다.

한 명은 강적!

다른 한 명은 대적불가!

이미 마음속에 기준선을 그어놓고 있었다. 앞으로 상당한 기간 동안은 이 기준선은 변함이 없을 터였다.

그래서 그녀는 이현의 환대를 받으며 머물게 된 숭인학관을 밤이 되자 몰래 빠져나왔다. 이현과 악영인에 대해서 알아봐야 할 것이 있다는 판단이었다.

운이 좋았달까?

그녀는 숭인학관 주변을 돌다가 현재 몸을 은신하고 있는 나무를 발견하게 되었다.

그 후 나무에 뛰어올라 운기행공을 펼치던 중에 인재당에서 나오는 이현을 발견하고 재빨리 은신술에 들어갔다. 호흡을 멈추고 자신의 기운을 몽땅 지웠다. 이현을 대적불가로 판단한 만큼 그에 걸맞은 대접을 하는 게 마땅했다.

그러자 얼마 지나지 않아 악영인이 이현을 찾아왔다.

뭔가 잔뜩 화가 난 표정!

그리고 이어진 두 사람의 대화에 모용조경은 일시 피가 거꾸로 도는 걸 느꼈다. 속에서 노화가 치밀어 올라서 자칫 은신술이 깨질 뻔했다.

당연하다.

강동제일미녀!

천룡검후!


두 가지 명호는 모용조경이 모용가를 나온 후 항상 따라붙는 일종의 대명사였다. 그녀를 본 사내는 누구나 사랑에 빠졌고, 구애에 목숨을 거는 자 역시 심심치 않게 출현했다. 만약 그녀에게 천룡보검과 모용가의 출중한 무공 실력이 없었다면 꽤 고단한 강호행이 되었으리라.

어찌 됐던 두 가지 명호와 함께 모용조경의 자부심과 오만함도 점차 상승했다. 웬만한 사내는 눈 아래로 보게 되었고, 찬양받는 삶에 익숙해지게 되었다.

이는 모용가에서 무학 연마의 나날을 보냈던 어린 시절에는 상상조차 못할 일이었다. 백 년 전 천하제일가였던 가문의 명성을 다시 회복하기 위해서 모용가는 몇 명 되지 않는 자손들의 교육에 엄격했기 때문이다.

그래서 모용조경은 강호행이 마음에 들었다.

진작 모용가를 나왔어야 했다는 생각까지 했다.

그러던 중 그녀는 모용가에서 한 가지 밀명을 받게 되었고, 이를 수행하기 위해 강동을 떠나 섬서성에 도착했다. 바로 사패의 일좌인 동패 산동악가와의 혈맹지약을 다시 발동시키기 위함이었다.

'…그런데 놀랍게도 악가 제일의 기재라는 파천폭풍참 악공자가 날 원하지 않다니!'

엄밀히 말해 모용조경을 원하지 않은 건 악영인만은 아니다.

이현.

대적불가라 잠정적인 판단을 내린 그 역시 악영인과 마찬가지로 모용조경을 거절했다. 그나마 거절의 말을 내뱉기 전에 살짝 고민하는 표정을 지어 보인 게 위안이라면 위안일 터였다.

아니다.

그런 걸로 어찌 위안이 되겠는가.

모용조경은 혼인을 권하던 이현의 말에 질색하던 악영인을 떠올리며 몸을 가볍게 떨었다.

분하다!

너무나 분하다!

그래서 그녀는 이 순간 굳게 마음먹었다. 다짐했다. 결단코 악영인과 이현을 자신 앞에 무릎 꿇리기로 말이다.

'어차피 본가 어르신들이 원하는 건 백 년 전의 위치 회복이다! 악가에서 본가와의 혈맹지약을 중요치 않게 생각한다는 걸 이번에 확인한 만큼 나 역시 똑같이 대해주면 된다! 오

로지 본가와 나의 이익만을 위해 판을 키울 것이다! 그럴 수만 있다면 내 모든 걸 걸어도 좋아!'

여인의 결심이었다.

어떤 일이 있어도 결코 꺾이지 않을 맹세였다.

꼬옥!

모용조경은 양손을 꽉 쥐었다.

한데, 그때 하필이면 그녀의 배 속에서 꼬르륵 소리가 들렸다. 태중 정혼자인 악영인을 만나기 전에 목욕재계를 하다 이현과 싸웠다. 그리고 다시 숭인학관에서 악영인과 만나서 한 차례 싸움을 벌이고, 저녁조차 먹지 못했다. 연속해서 두 끼를 건너뛴 것이다.

게다가 저녁부터 이어진 은신!

배 속에서 뭔가를 달라고 아우성을 치는 건 지극히 당연했다. 뭐라고 나무랄 일이 아니었다.

하나 상황이 공교로웠다.

스윽!

악영인이 떠난 후에도 혼자서 뭔가 생각할 게 있는지 청풍채 앞을 서성이던 이현이 고개를 돌렸다. 정확히 모용조경이 은신해 있던 나무를 향한 것이다.

'들어가라! 그냥 들어가라!'

모용조경의 간절한 바람은 통하지 않았다.

잠시 더 나무를 바라보던 이현이 피식 웃어 보였다.

"거기 계속 있을 건가?"

'……!'

모용조경이 은연중 아랫입술을 깨물고 은신을 풀었다.

스으— 팟!

그리고 가볍게 나뭇가지를 박차자 어느새 그녀는 십여 장의 거리를 건너뛰어 이현 앞에 떨어져 내리고 있었다. 절정의 고수라도 쉽사리 펼칠 수 없는 경공술이다.

슥!

이현이 한밤중에 강림한 하늘의 천녀와 같은 모용조경의 절세미모에 내심 감탄했다.

'강동제일미녀라고 하더니! 과연 대단한 미모로구나!'

처음이다.

모용조경을 한 명의 여인으로 인지하고 바라본 것은.

어쩔 수 없다.

첫 만남에서 이현은 모용조경이 목욕하는 걸 보고 시선을 회피했고, 그 다음 곧바로 그녀와 싸워야만 했다. 제대로 절세의 미모를 감상할 시간적 여유가 거의 없었다.

두 번째 만남 역시 마찬가지다.

숭인학관에 들어온 모용조경은 곧바로 천룡보검을 뽑아 들고 악영인을 공격했다.

용호상박(龍虎相搏)의 대결!

이현 같은 무공광이 놓치고 싶을 리 없다.

그는 정말 흥미진진하게 두 당세를 대표할 만한 후기지수의 대결을 지켜봤다.

창법의 명가인 산동악가의 악가신창술과 백 년 전의 천하제일가 모용가의 성광추혼검의 어우러짐은 그 자체로 절경이라 할 만했다.

적어도 이현에게는 그러했다.

그런 이유로 이현이 아무런 사심 없이 모용조경의 미모를 접한 건 지금이 처음이라 할 수 있었다.

게다가 지금은 밤이 깊어가는 시각이었다.

은은한 달빛을 사뿐히 즈려밟으며 하늘에서 떨어져 내린 모용조경의 아름다움은 그야말로 숨이 턱하고 막힐 지경이었다. 어떤 사내든 한 번 보기만 하면 넋이 나가거나 사랑의 포로가 될 듯싶다.

그러나 이현은 평생을 무공에만 골몰해 온 사람.

잠시 모용조경의 옥을 깎아 만든 듯한 외모에 감탄하는 듯하던 그가 곧 퉁명스러운 표정을 지어보였다.

"천룡검후라는 사람이 숨어서 사람을 엿보기나 하고, 못 쓰겠군."

"누가 엿봤다는 건가요! 엿보기로 따지면 당신이야말
로……."

발끈하고 소리치던 모용조경이 안색을 가볍게 붉혔다. 자기
스스로 나신이 되어 목욕하던 장면을 이현에게 보인 사실을
말하려니, 처녀의 부끄러움이 확 치밀어 오른 것이다.

이현이 그녀의 이 같은 속내를 모를 리 없다.

'이크! 내가 벌집을 건드릴 뻔했군!'

내심 경각심을 일으킨 그가 슬며시 화제를 바꿨다.

"잠자리가 바뀌어서 잠이 오지 않았던 것이오?"

"…꼭 그런 것만은 아니에요."

"그럼 배가 고팠던 게로군?"

"그런 것이 아니라……."

반박하려던 모용조경의 얼굴이 다시 붉어졌다. 이현의 말을
듣기라도 한 것처럼 배 속에서 꼬르륵 소리가 흘러나왔다. 역
시 그녀는 배가 고팠던 것이다.

이현이 손가락질을 하며 소리쳤다.

"거봐!"

모용조경이 얼른 뒤로 물러서며 재차 반박했다.

"아니에요!"

"아닌 게 아닌 것 같은데?"

"아니라구요! 절대 그런 게……."

"그러지 말고 야참이나 먹으러 가는 게 어떻소?"

"…야참이요?"

"이 시간쯤이면 식당에서 날 위해 야참을 준비하는 고마운 여인이 있거든."

'여인?'

모용조경이 이현을 바라보며 살짝 눈살을 찌푸려 보였다. 악영인과 더불어 그녀가 관심을 갖게 된 이현에게 이미 함께하는 여인이 있다는 생각이 들었기 때문이다.

"괜찮아요! 나는……."

"그냥 따라오시오. 모용 소저도 아는 사람이니까 밤중에 실례를 한다 해서 크게 문제될 건 없을 거요."

"…내가 아는 사람이요? 그럼 그 숭인학관의 하녀를 말하시는 건가요?"

"그렇소."

이현이 고개를 끄덕여 보이고 식당 쪽으로 걸음을 옮겼다. 모용조경을 위한 척 말했으나 사실은 그 자신이 출출함을 느낀 지 오래였다. 그녀와 대화를 나누며 소화영이 북궁창성을 위해 만들고 있을 밤참을 떠올리자 더 견딜 수 없게 되었다.

'왜 저렇게 빨리 간담?'

모용조경이 서둘러 식당으로 향하는 이현을 의아한 표정으로 바라보다 자신도 모르게 그 뒤를 따랐다. 이현 말마따나 그녀는 진짜 배가 고팠던 것이다.


잠시 후.

식당 쪽에서 소화영의 기함이 터져 나왔다.

"꺄악! 이 공자, 무슨 짓이에요! 이건 내가 공들여서 만든 북궁 공자님의 야식이라구요!"

이현의 즐거워하는 소리 역시 들려왔다.

"하하핫, 북궁 사제와 나는 일심동체(一心同體)! 그러니까 한 몸이라고 봐도 되니까 걱정할 것 없어!"

"부, 북궁 공자님과 이 공자가 무슨 일심동체예요! 그런 짓을 하도록 내가 내버려 둘 것 같아요!"

"내버려 두지 않으면?"

"그, 그건… 그러니까……."

소화영이 더듬거리는 동안 이현은 능숙하게 그녀에게서 빼앗은 야식을 먹기 시작했다.

"그, 그만 먹어요! 그만 먹으라구요!"

"싫은데?"

"이 악마 같으니!"

두 사람의 갑작스러운 쫓고 쫓기는 추격전을 바라보며 모용조경이 나직이 중얼거렸다.

"이런 것이었나……."

당황감과 곤혹스러움이 반반 섞인 목소리다.

그때 소화영의 추격을 간단히 떨쳐낸 이현이 모용조경에게 십 단 크기의 애처 도시락 중 한 단을 던져줬다. 그리고 짐짓 진지하게 권한다.

"다른 사람한테 빼앗기기 전에 먹어두시오. 이거 제법 맛있다구."

"……."

"싫으면 도로 주던가?"

"아니, 됐어요!"

자신도 모르게 목소리를 높인 모용조경이 도시락을 뒤로 돌렸다. 왠지 그냥 있다간 이현에게 도시락을 도로 빼앗길 것 같았기 때문이다.

그때 다시 소화영이 식당으로 뛰어들어 왔다.

"내놔요! 내놓으라구요!"

"싫어! 싫다구!"

다시 두 사람의 추격전이 재개되었고, 그렇게 숭인학관의 평온한 하루가 다시 흘러가고 있었다.


           *           *           *

철목령주는 빠르게 달리던 중 문득 경공술의 속도를 늦췄다.

이유는 잘 모르겠다.

그냥 그는 그리했다.

마치 반드시 그래야만 하는 소명을 받은 것처럼 말이다.

'이상한 일이로고!'

철목령주는 고개를 살짝 갸웃거렸다. 얼굴에 떠오른 건 곤혹스러움이었다.

그는 절정고수다.

그것도 그냥 평범한 절정급이 아니라 초절정에 근접한 상급의 고수였다.

무림 중에 모래알처럼 많은 기인이사와 고수가 있다 한들 이만한 경지에 도달한 자가 얼마나 될까?

많이 손꼽아 봐도 결코 1백 명이 넘지 않을 터였다.

천하를 호령하는 명문정파의 장로급 이상의 무력에 철목령주는 도달해 있는 것이다.

당연히 이 정도의 고수에게 영향을 끼칠 수 있는 일은 그리 많지 않았다. 그러니 철목령주는 오늘 아주 희박한 일을 경험하게 되었다고 할 수 있었다.

그런데 철목령주는 왜 자신에게 이런 일이 발생했는지 한참이 지나도록 파악하지 못했다. 그냥 경공술의 속도를 늦춘 상태에서 허무하게 시간만을 보내고 있을 뿐이었다.

스륵!

결국 그가 신형을 멈춰 세웠다.

목표로 했던 청양을 거의 코앞에 둔 때였다.

그리고 바로 그때, 그의 앞에 하나의 검은 그림자가 모습을 드러냈다.

'어느 틈에?'

철목령주는 크게 놀라며 몸을 가볍게 경직시켰다. 그리고 준비에 들어갔다.


생사결전!


목숨을 건 대결이 임박했음을 무인의 본능이 속삭여 줬다. 얼음처럼 차가운 긴장감이 등줄기를 쭈뼛하게 만든다.

그때 검은 그림자에게서 나직한 목소리가 흘러나왔다.

"철목령주?"

"……."

"아니, 이제는 서장 소뢰음사 최강의 고수 달리파라 불러야 맞는 거겠군."

얼마 만에 들어보는 이름인가!

만감이 교차하는 기분을 느낀 철목령주. 아니, 서장 소뢰음사 제자 달리파가 눈에 형형한 안광을 담은 채 말했다.

"신마맹주가 보냈는가?"

"그 전에 대답이 먼저일 것 같은데?"

"무슨 대답을 원하는 것인가?"

"당신은 지금 신마맹의 철목령주인가, 아니면 소뢰음사의 달리파인가?"

"……"

달리파가 잠시 고심하다 대답했다.

"노부는 소뢰음사의 사형제들에게 배신당해 한차례 죽었다! 그리고 신마맹주에게 구원받았던 삶 역시 얼마 전 신궁령주에 의해 박탈당할 뻔했다! 그러니 지금 노부는 신마맹의 철목령주도 아니고, 소뢰음사의 달리파 역시 아니다!"

"새로운 인생을 살겠다는 뜻이로군?"

"그렇다!"

"맹주님께 현사는 이미 벌을 받았으나 그 마음, 변할 일은 없을 테지요?"

"물론이다! 현사 같은 소인배와는 관계없는 결론이니까!"

"그렇군."

담담하게 고개를 끄덕여 보이는 검은 그림자를 향해 달리파가 말했다.

"너는 천멸사신이더냐?"

"그런 게 지금 의미가 있다고 생각하나?"

"확실히!"

달리파가 목청을 높이며 천룡천강력을 전력을 다해 개방시켰다.


신마맹의 천멸사신!


달리파가 속해 있던 신마맹의 십팔로 령주들 사이에서 죽음의 그림자로 소문난 자였다. 그가 움직이면 언제나 피바람이 불었고, 천지에 온통 죽음의 향기만이 가득하다고 알려져 있었다. 그만큼 위험천만한 강자란 뜻!

그래서 달리파는 이번 싸움을 단기전으로 상정했다.

죽음의 향기!

피바람!

눈앞의 천멸사신을 일컫는 수식어 모두가 뜻하는 건 그가 일반적인 무인이 아니라 사람을 죽이는 데 최적화된 자, 그러니까 자객이란 것이었다.

그러니 그런 자와의 대결이 일반적인 싸움이 될 리 없었다.


3초 내외!

혹은 그 이하 만에 승부는 결정될 것이다. 자신의 생사와 함께 말이다.

'그러나 아이야! 나는 아직 죽을 수 없구나! 아직 지키지 못한 약속이 남아 있으니 말이야!'

문득 이현의 얼굴을 떠올린 달리파가 몸 전체에 천룡천강력을 강철의 벽처럼 둘러쳤다. 평생 동안 고심참담하며 연마한 천룡천강력의 강기공으로 눈앞의 천멸사신이 펼칠 암수에 미리 대비한 것이다.

그리고 한쪽 발끝을 들어 살짝 바닥을 내딛는다.

진각!

그렇게 강하진 않다.

그러나 그 속에 천룡천강력의 힘이 담겨졌음인가!

곧 달리파가 내딛은 일 보(一步)를 중심으로 맹렬한 동심원이 그려졌다.

기의 대폭발!

개방된 천룡천강력의 여파가 순식간에 달리파의 전신을 휘감으며 용권풍을 일으키더니, 단숨에 천멸사신을 덮쳐갔다. 그가 어떤 식으로 반응을 보이기도 전에 강력한 선공을 가한 것이다. 자신의 모든 것을 걸고 말이다.

스윽!

한데, 그 순간 천멸사신이 모습을 감췄다. 사라졌다. 강력한 천룡천강력에 소멸해 버린 것인가?

그렇진 않았다.

스윽!

천룡천강력이 일으킨 용권풍이 지나간 후 놀랍게도 천멸사신은 본래의 자리에서 다시 모습을 드러냈다. 마치 아무런 일도 벌어진 적이 없었던 것처럼 그리했다.

"이 무슨……."

그리고 달리파가 그 모습에 잠시 넋을 잃었을 때였다.

"옴!"

나직한 진언과 함께 천멸사신이 달리파에게 파고들었다.

"…감히!"

달리파가 황급히 밀종대수인을 일으켰으나 너무 늦었다. 어느새 천멸사신은 그의 몸속을 뚫고 지나가 버렸기에.

"쿨럭!"

달리파가 노구를 휘청거렸다.

여든을 바라보는 나이에도 강건했던 그의 육신.

이 순간 급속도로 위축되었다.

몸의 근골 자체가 절반 이상 축소되어 평상시의 강건함을 전혀 느낄 수 없는 몸이 되어버린 것이다.

휘청!

달리파는 무너지려는 몸을 억지로 추슬렀다. 이대로 아무것도 해보지 못한 채 패배를 인정하기엔 너무 억울했다. 솔직히 말해서 그는 자신에게 무슨 일이 벌어졌는지조차 이해하지 못했다. 그냥 천멸사신에게 당했다는 생각만이 뇌리를 감돌고 있었다.

스윽!

그때 다시 천멸사신이 본래 위치에 모습을 드러냈다.

여전하다.

처음 모습을 드러냈을 때와 변한 건 아무것도 없어 보였다.

'다만… 내가 변해 버렸군.'

단전에 구멍이라도 뚫린 것처럼 빠르게 소멸하고 있는 내공 진기를 떠올리며 달리파는 씁쓸한 표정을 지어 보였다. 한평생을 무학에 바쳤던 삶이 허무해지는 순간이었다.

그때 천멸사신이 다시 입을 열었다.

"달리파, 당신은 진짜 무인이로구나!"

"조, 조롱하는 것이냐?"

"경의를 표하는 것이다."

"경의?"

"그렇다. 그리고 경의를 표하는 의미에서 나는 달리파 당신을 살려주고자 한다."

"신마맹주가 좋아하지 않을 텐데?"

"상관없다. 내가 살려주고자 하는 건 달리파란 무인일 뿐.

신마맹의 철목령주는 지금 이 순간, 세상에서 사라질 것이다!"

"뭐……."

달리파는 반문을 던지려다 두 눈을 크게 떴다. 순간, 천멸사신의 눈 속에서 일어난 기괴한 빛이 머릿속을 가득 메워 버렸고, 곧 의식을 잃어버린 것이다.

털썩!

결국 바닥에 무너져 버린 달리파를 잠시 바라보던 천멸사신이 그를 등에 둘러업고 신형을 날렸다.

오늘 이 순간!

신비조직 신마맹의 십팔령주 중 한 명이었던 철목령주는 세상에서 사라졌다. 그가 천멸사신이라 믿는 존재에 의해서.

第八章

마도(魔道)를 추구하는 마왕들과
비교해도 결코 못하지 않은 살기!

아침.

소화영은 두 눈이 퉁퉁 부어서 식당을 빠져나왔다.

그녀의 양손에는 밤새 온갖 공을 들여 만든 삼십 단짜리 도시락 통이 들려져 있었다.

그동안 이현 등에게 애처 도시락을 강탈당하길 수십 차례!

그녀는 결국 두 손을 들었다.

사랑하는 북궁창성을 위해서 도시락의 수량을 잔뜩 늘린 것이다.

덕분에 그녀는 밤새 한숨도 자지 못했다.

이만한 숫자의 도시락을 만드느라 밤을 꼴딱 새웠다.

"가, 간신히 시간 내에 끝냈다! 북궁 공자님이 서안으로 떠나시기 전에 드디어 내 애처 도시락을 맛보실 수 있게 되었어!"

그렇다.

그녀가 밤을 꼬박 새면서까지 이렇게 엄청난 양의 도시락을 만든 건 오늘이 숭인학관 학사들의 서안행이 있는 날인 까닭이었다.


보름 앞으로 다가온 대과 2차 식년과!


시험이 치러지는 장소는 섬서성의 성도인 서안이었다. 명실상부한 섬서성 최고의 도시로, 숭인학관의 대과 1차 통과자들은 오늘 일제히 출발하게 된 것이다.

당연히 거기에는 북궁창성뿐 아니라 이현과 악영인 역시 포함되어 있었다.

그들이야말로 숭인학관의 1차 시험 합격자 중 2차 식년과를 통과할 가능성이 높은 수재들이라 할 수 있었다. 물론 1차 시험에서 이해불가의 장원을 한 이현의 경우는 꽤나 미심쩍은 부분이 있었지만 말이다.

어찌 됐든 그런 연유로 소화영은 대량의 도시락을 만들었고, 이제 북궁창성과 함께 서안으로 향할 작정이었다. 숭인학관의 하녀 노릇은 오늘로써 끝인 것이다.

'하아! 그동안 그럭저럭 정이 들었는데… 아니지! 정은 무슨! 절대 그런 생각 따위 하면 안 돼!'

소화영은 식당 쪽을 돌아보다 내심 고개를 흔들어 보였다.

그녀는 무사다.

천하제일세가 서패 북궁세가의 당당한 잠영은밀대 소속 잠영쌍위의 일인, 월곡도였다. 그동안 북궁창성을 밀착해서 경호하기 위해 숭인학관에서 하녀 노릇을 했지만 그 같은 사실이 변할 리 없었다. 그것이 설혹 평생 중 가장 즐거웠던 나날일지라도 말이다.

'그래도 식당 할매나 목 소저는 정말 좋은 분들이었어. 만약 내가 고아가 됐을 때 그런 분들을 만날 수 있었다면 평범하게 살 수도 있었을 거야. 손에 검을 들지 않고 바느질을 하고, 음식을 만들면서 낭군을 기다리는… 어맛! 나, 낭군이라니! 내게는 북궁 공자님이 계신데!'

다시 고개를 격렬하게 흔들어 보인 소화영이 한차례 호흡과 함께 자세를 바로 세웠다. 하녀 노릇을 할 때와는 사뭇 다른 월곡도 소화영으로 서서히 돌아가기 시작한 것이다.

그때 저 멀리서 이현이 모습을 드러냈다. 그는 소화영을 발견하자마자 손을 들어 보였다.

"소 소저!"

'음식 냄새 하나는 정말 귀신같이 맡는구나!'

소화영이 이현을 보고 내심 인상을 써 보였다. 그를 보자마자 속이 답답해져 오는 게 아무래도 병에 걸린 듯하다. 이현 답답증 같은 거 말이다.

그러거나 말거나 단숨에 소화영에게 다가온 이현이 코를 킁킁거렸다.

"좋은 냄새다! 좋은 냄새야!"

"변태같이 무슨 짓이에요!"

"변태?"

"그래요! 변태 같으니까 그런 짓은 하지 말아주세요!"

"그럼 내가 얻는 건 뭔데?"

'결국 이렇게 나오는구나!'

내심 이현을 노려본 소화영이 수중에 들고 있는 다량의 삼십 단 도시락을 향해 턱짓 했다.

"충분하게 만들었어요!"

"과연!"

"점심때가 되면 각자에게 공평하게 배분해 줄 거예요! 그걸로 충분하지 않나요?"

"그냥 나한테 지금 몽땅 넘기는 건 어때?"

'이런 욕심꾸러기 돼지를 봤나!'

이현을 경악에 찬 표정으로 바라본 소화영이 어금니를 지

그시 깨물었다.

"으득! 절. 대. 안. 돼. 요!"

"안 돼?"

"그래요!"

"그럼 뭐 어쩔 수 없지."

이현이 바로 포기하자 소화영이 오히려 당황했다. 그의 식탐을 누구 못지않게 잘 아는 그녀였다. 이렇게 간단히 도시락 탈취를 포기하는 건 결코 있을 수 없는 일이었다.

'뭔가 있다!'

그게 무엇인지는 중요치 않았다.

그녀는 어느새 자신에게 등을 돌리고 떠나가는 이현을 잠시 바라보다 얼른 그의 뒤를 쫓았다. 그의 숨겨진 꿍꿍이 속내를 지금 당장 알아내야만 했기 때문이다.

"뭐예요? 뭔데요?"

"별거 아냐."

"별거 아닌 게 아닌 것 같은데요? 지금 당장 말해준다면 나중에 도시락을 한 통 더 드릴게요. 그러니까……"

"별거 아니고. 그냥 이번에 소 소저는 서안에 함께 갈 수 없어."

"…예?"

"그 소 소저의 사형이란 사람이 말하지 않았었나?"

"뭔 말이요?"

"북궁 사제가 두 사람의 정체를 지난번에 눈치챘잖아?"

"그, 그게 왜요?"

"당시엔 혼란스러워서 처분을 뒤로 미뤘지만 북궁 사제는 계속 두 사람을 어찌할지에 대해 고민한 모양이야. 그러다 최근에 결론을 내렸지."

"어, 어떻게요?"

"두 사람을 숭인학관에서 쫓아내진 않겠으되, 다시는 자신의 호위 역할을 수행케 하지 않겠다고 말이야."

"그 말씀은……."

"즉, 소 소저하고 사형 되는 사람은 북궁 사제의 호위 역에서 퇴출당한 거야. 물론 그냥 북궁세가로 돌아가게 하면 두 사람의 입장이 난처해질 테니, 숭인학관에는 머물러 있게 놔두겠지만."

"…그, 그래서 제가 북궁 공자님을 따라서 서안을 갈 수 없다는 건가요?"

"소 소저의 사형도 마찬가지야."

"만약 저희가 몰래 북궁 공자님을 쫓는다면……."

"반드시 들키겠지. 근래 북궁 사제의 무공은 점차 상승일로를 걷고 있으니까."

"…반드시 그러리란 보장은 없잖아요?"

"보장은 없지. 하지만 두 사람이 내 이목도 숨길 수 있을 거라곤 생각지 않아."

"설마?"

"그 설마가 맞아. 나는 북궁 사제의 의견에 전적으로 동의하고 있거든. 만약 두 사람이 북궁 사제의 명령을 무시하고 숭인학관을 벗어나 우리 뒤를 추격해 온다면 그 후폭풍은 상상을 초월할 거야. 외유내강(外柔內剛)인 북궁 사제의 성정을 소 소저도 알고 있을 테지?"

"……."

이현의 노골적인 협박에 소화영의 안색이 하얗게 질렸다.

일시적으로 영혼까지 탈색되어 버리고 말았다.

그러나 냉혹하게 소화영의 꿈과 희망을 짓밟은 이현은 다시 활짝 미소를 지어 보이고 가던 걸음을 다시 재촉했다. 서안으로 출발하기 전에 소화영처럼 만나야 할 사람이 몇 명 더 있었다. 자신이 떠난 후에도 숭인학관과 목연이 무사하게 만들기 위해서 조금 부지런을 떨 필요가 있었다.

털썩!

이현이 멀어지는 모습을 넋을 잃고 지켜보던 소화영이 삼십 단 도시락과 함께 바닥에 주저앉았다. 일시적으로 다리에 힘이 풀려서 아무것도 할 수 없게 되어버린 것이다.

*       *       *

"싫어요!"

"그렇게 쉽사리 단정 짓지 말고……."

"단정 짓는 게 아니라 확실하게 거절의 뜻을 표명하는 거예요."

"…왜?"

"나는 악 공자의 정혼녀예요."

"그런데?"

"정혼자가 잘못된 길로 들어서려는 걸 어찌 그냥 두고 볼수 있겠어요?"

"잘못된 길로 들어서?"

"그래요! 악 공자는 지금 잘못된 길로 들어서고 있어요! 그러니 정혼녀이자 혈맹지약의 당사자로서 마땅히 탈선을 멈추고 바른 길로 들어서게 해야 해요!"

'잘못된 길에 이어 이젠 탈선이라…….'

이현이 단호한 태도를 견지하고 있는 절세미녀 모용조경을 물끄러미 바라보다 무심코 말했다.

"무산이는 삶 자체가 탈선인 녀석이라서 말인데… 도대체 모용 소저는 뭘 막으려 하는 거지?"

"서안행이요."

"왜?"

"악 공자의 악가는 무림의 동패이기 이전에 중원에서 세 손가락 안에 꼽히는 무문(武門)이에요. 그곳의 자손인 악 공자는 본래 관외에서 이름난 혈사대의 대주로 수년간 군역에 종사하며 무수히 많은 전공을 세웠어요. 가문의 위광과 개인의 전공이 모두 출중하니, 곧 병부에서 꽤나 높은 지위까지 오를 수 있었을 거예요."

"그랬어?"

"그런 것도 모르고 악 공자를 의동생으로 불렀던 거예요?"

모용조경이 기가 막힌 표정으로 바라보자 이현이 어깨를 가볍게 으쓱해 보였다.

"처음 만났을 때 무산이 녀석은 길거리에서 노숙하고 있는 얼굴 시커먼 거지꼴이었으니까."

"관외를 떠나 섬서성까지 오는 동안 자신의 신분을 숨기기 위해서 그랬을 거예요. 갑작스러운 악 공자의 퇴역은 병부뿐 아니라 악가 내에서도 문제를 야기시킬 만한 일이었을 테니까요."

"그래서 왜 무산이의 서안행을 막고 싶다는 건데?"

"무문에 이미 발을 내딛었다 스스로 출세길을 걷어차고 퇴역한 악 공자가 대과를 본다는 게 무얼 의미하는 줄 아시나요?"

"뭘 의미하는데?"

"그건 병부와 크게 밀착되어 있는 악가의 얼굴에 침을 뱉는 행위예요. 그리고 그 같은 사실을 악가의 존장들은 결코 좌시하지 않을 거예요."

"무산이의 대과를 방해하겠군?"

"그뿐 아니라 악가에서는 자신들이 할 수 있는 수단과 방법을 총동원해서 악 공자를 악가로 끌고 갈 거예요. 병부와의 오랜 유대를 당대에 포기하고 싶진 않을 테니까요."

"그리고 그렇게 되면 모용 소저의 원대한 계획 역시 차질을 빚고 말겠군?"

"맞아요."

모용조경의 당당한 대답에 이현이 자신도 모르게 한숨을 내쉬었다.

"하아! 그럼 모용 소저를 숭인학관에 머물게 할 수 있는 방법은 없다고 봐야겠군."

"생각보다 포기가 빠르시네요?"

"모용 소저와 같은 사람을 예전에 한 번 본 적이 있거든."

"어떤 사람이었죠?"

"자신의 영달이나 명예보다 중시 여기는 것이 있는 사람이었지."

"그 사람은 결국 뜻을 이뤘나요?"

"글쎄."

다시 어깨를 으쓱해 보인 이현이 문득 시선을 숭인학관 밖으로 던졌다. 직감적으로 뭔가 그의 신경을 건드리는 것이 있었다. 모용조경 같은 절세미인과의 대화를 방해할 정도로 말이다.

슥!

그리고 그는 이런 경우 자신의 직감을 믿었다. 몇 번이나 죽을 고비를 넘기게 해준 고마운 감각이었기 때문이다.

'또 자기 할 말만 하고 가는구나!'

모용조경은 갑자기 자신의 곁을 떠나간 이현의 뒷모습을 바라보다 아미를 살짝 찡그려 보였다. 그러자 일시 만개의 꽃이 일제히 고개를 떨구는 듯하다.

수월폐화(羞月閉花)라 했던가!

둥근 달도 부끄러워하고, 아름다운 꽃조차도 오므린다는 고대 절세미녀가 여기에 있다. 돌발적으로 자신의 곁을 떠난 이현에게 화가 난 모용조경이 그 같은 고사를 재현해 내고 있으니 말이다.

그러나 곧 모용조경은 평상시와 같은 냉정함을 회복했다.

이현!

그의 부탁을 거절한 진짜 이유를 모용조경은 말하지 않았다. 마음속 깊숙한 곳에 숨겨둔 채 내색조차 하지 않았다. 여인만의 본능을 발휘해 그리했다.

하나 아직은 모른다.

알 수가 없다.

모용조경이 이현에게 자신의 속내를 숨김으로 인해 벌어질 변화와 결말을 말이다.


*　　　　*　　　　*


슥!

모용조경의 곁을 떠나 순식간에 숭인학관 밖으로 나온 이현이 발걸음을 멈췄다. 막 숭인학관 앞에 도달한 조준과 그의 등에 죽은 듯 업혀 있는 수척한 기색의 노인을 발견했기 때문이다.

"그 노인네… 어쩌다 그리된 거지?"

이현의 질문을 받은 조준이 특유의 표정을 지어 보이며 대답했다.

"청양 부근에 쓰러져 있었다. 아는 사람인가?"

"숭인학관의 집사다."

"집사?"

"그래……."

묘하게 말끝을 끌어 보인 이현이 순간 조준에게 다가가 달리파에게 손을 대려 했다. 그의 상세를 직접 살펴보고자 함이었다.

툭!

그러나 그때 조준이 신형을 묘하게 비틀어 이현의 손을 튕겨 냈다.

"무슨 의미지?"

이현이 눈살을 찌푸려 보이자 조준이 무심하게 말했다.

"내 작은할아버님은 지금 중상을 당한 상태니까 함부로 손대지 않는 게 좋다."

"작은할아버님?"

"그래, 이분은 내 작은할아버님인 소뢰음사의 영웅 달리파시다."

"달리파?"

조준의 눈동자 속 동공이 작게 응축되었다.

"작은할아버님의 성함을 처음으로 들은 것 같은 모습이군?"

"맞아. 이 노인네가 자기 신분에 대해서 철저하게 숨겨왔거든. 근데 그건 그렇고……."

이현이 잠시 말끝을 흐렸다. 그러자 조준이 그의 속내를 읽은 듯 말했다.

"내 외가 쪽의 할아버님이시다."

"…아!"

이현이 납득한 듯 고개를 끄덕이고 조준을 향해 다시 손을 내밀었다.

"달리파 노인의 상세를 내가 살펴봤으면 좋겠는데?"

"좋다."

조준이 바로 태도를 바꿔서 이현에게 달리파를 넘겼다. 애초 처음부터 이현과 진심으로 싸울 생각은 없었음이 분명하다. 이미 한차례 싸워서 패배했으니까.

'몸속의 원정지기가 거의 말라 버렸다. 노인네의 나이를 감안할 때 앞으로 상승의 무공은 더 이상 펼칠 수 없다고 볼 수 있겠군.'

원정지기!

이는 무인이 내가의 신공을 오랜 기간 연마해서 몸속에 형성시키는 일종의 내단이었다. 그러니 이 원정지기가 말랐다는 건 내가의 무공을 익힌 무인에게 내려진 일종의 사망 선고나 다름없었다. 원정지기의 내단이 단전에 자리 잡고 있어야만 내공진기를 마음껏 사용할 수 있기 때문이다.

'게다가 노인네의 몸집이 종남파로 떠날 때보다 훨씬 왜소해졌다. 근골이 줄어들었다는 뜻이니, 외공 역시 그에 비례해 사용할 수 없게 되었어.'

설상가상(雪上加霜)이다.

달리파는 내공뿐 아니라 외공 역시 잃어버렸다.

그야말로 평생 동안 쌓아올린 적공이 사라져 버린 것이다.

꾸욱!

이현은 문득 주먹을 쥐었다. 가슴속 한구석에서 불끈거리
는 불덩이가 치밀어 올랐다. 달리파의 상태를 하나하나 파악
해 가는 동안 그의 전신에서 평소 보지 못했던 강렬한 살기
가 넘실대며 일어나고 있었다.

그러자 달리파를 이현에게 넘겨준 후 뒤로 물러서 있던 조
준의 눈에 이채가 어렸다.

'굉장한 살기로군! 명왕종을 떠나 마도(魔道)를 추구하는 마
왕들과 비교해도 결코 못하지 않을 정도야!'


명왕종을 떠나 마도를 추구하는 마왕!


조준의 뇌리로 인세에 강림한 악의 정화라 할 수 있는 마왕
의 면면들이 스쳐 갔다.

두려움?

그런 것과는 다르다.

오히려 조준은 호기심을 느꼈다. 악의 정화인 마왕들에 버
금가는 살기를 뿜어내고 있는 눈앞의 이현이란 존재에 대해서

말이다.

이 같은 감정은 굉장히 오랜만에 느껴보는 것이었다.

명왕종에 귀의한 후 점차 감정을 죽여 나가고 있었다. 그 같은 길이야말로 명왕종의 종주가 되어가는 과정의 하나였기 때문이다.

그래서 조준은 잠시 더 눈앞의 이현이란 존재를 살펴봐야겠다고 생각했다. 명왕종을 떠나 대막을 가로질러 중원에 온 그에게 새로운 목표가 생겨난 것이다.

그때 달리파의 상세를 살피길 끝낸 이현이 그에게서 떨어져 나와 조준을 바라봤다.

"달리파 노인을 찾기 위해 왔다고 했던가?"

"그렇다."

"그럼 이제 목적을 이룬 것이겠군?"

"전혀."

"전혀?"

"작은할아버님은 누군가에게 상해를 받으셨다."

"복수를 하겠다는 건가?"

"명왕종의 제자는 은원을 분명히 한다."

담담하게 자신의 뜻을 밝히는 조준을 향해 이현이 천천히 고개를 끄덕여 보였다.

"알겠다. 그럼 지금 당장 이곳을 떠나라!"

"작은할아버님은?"

"앞서 말했다시피 달리파 노인은 숭인학관의 집사다. 자신의 입으로 집사의 직위를 그만둔다고 하지 않기 전까진 숭인학관이 그의 집이다."

"오늘 서안으로 간다고 하지 않았나?"

"내가 부재한 사이에 달리파 노인을 데려갈 수 있다고 생각하는 거냐?"

"그렇다."

과연 명왕종의 제자다.

거짓말 따위는 할 줄 모른다.

그러나 이는 이현이 이미 파악하고 있던 사실이었다.

"그런 짓을 하면 서안에서 돌아온 후 바로 널 찾아갈 것이다! 천하의 어디로 숨더라도 반드시 찾아낼 거야! 그러니 달리파 노인과 함께하고 싶다면, 내가 서안에서 돌아올 때까지 얌전히 숭인학관에 있도록 해!"

"……."

잠시 노골적으로 살기를 발하고 있는 이현을 바라보며 침묵하고 있던 조준이 천천히 고개를 끄덕여 보였다.

"네 말대로 하겠다."

"좋아!"

이현이 갑자기 버럭 소리 질렀다. 며칠 전부터 그를 가장 골치 아프게 했던 문제가 풀렸기 때문이다.

명왕종의 제자 조준!

그라면 충분히 숭인학관을 맡길 수 있었다. 어떤 불온한 세력도 감히 준동하지 못할 터였다. 그만한 힘을 이현은 조준에게서 느끼고 있었다.

그러나 곧 그는 안색을 굳혔다.

"그럼 이제부터 숭인학관에 머무는 동안 해야 하는 일과 하지 말아야 할 일에 대해서 알려주도록 하겠다."

"그런 것도 내가 알아야 하나?"

"당연하지! 설마 숭인학관에 머무는 동안 공짜로 숙식을 해결하려는 건 아닐 테지?"

"……."

조준의 안색이 살짝 변했다. 문득 이현에게 느꼈던 강렬한 살기 속에 사람을 속이는 기운이 담겨 있다고 여겼기 때문이다.

그러거나 말거나 이현은 자기 멋대로 조준을 숭인학관의 식객 겸 호위무사로 임명하고 있었다. 명왕종의 제자인 그에게 확답을 받아내서 언령(言靈)의 결박을 착착 옭아매기 시작한 것이다.

*　　　　　*　　　　　*

숭인상단.

밤새 수십 장이 넘는 재무 보고서를 쓰느라 꾸벅거리며 졸고 있던 남운이 움찔하며 머리를 치켜들었다. 피곤에 절어 있던 와중에도 무인의 본능으로 목덜미에 느껴지는 선뜻한 기운을 느낀 것이다.

그러자 그의 바로 앞에 전채연이 양손을 잘록한 허리에 가져다 댄 채 서 있다.

"채, 채연 사매……."

"대사형, 어제도 서류 작업으로 밤을 새운 거예요?"

"…하하!"

"하하? 웃음이 나와요? 지금!"

전채연이 천진난만한 미모가 돋보이는 얼굴에 어울리지 않는 도끼눈을 해 보이자 남운이 움츠러든 표정이 되었다. 또다시 그녀의 폭풍 잔소리가 시작되려 함을 눈치챘기 때문이다.

그러자 전채연이 눈살을 찌푸린 채 말했다.

"방금 전에 숭인학관에서 학사들이 서안으로 떠났어요! 혹시 그건 알고 계셨던 건가요?"

"그야 오늘 떠나는 건 알고 있었지. 그래서 며칠 전부터 엄청나게 많은 일거리를 상단 대리와 해치우느라 고생했거든."

"장하시네요!"

"뭘, 그런 걸 가지고······."

전채연이 여전히 도끼눈을 뜨고 있자 남운은 그녀의 말이 칭찬이 아님을 깨닫고 입을 다물었다. 그러자 전채연이 다시 한숨과 함께 말했다.

"하아, 대사형, 우리가 여기 남은 이유가 뭔가요?"

"그, 그야 사숙님의 무공 상대가 되어 드리기 위해서······."

"그런 걸 잘 아시는 분이 맨날 상단 구석에 처박혀서 서류 작업 같은 거나 하고 있는 거예요? 대사형이 이러고 있는 동안 이현 사숙조는 북궁세가의 북궁창성 공자의 연무만 돕고 있잖아요!"

"······."

"북궁창성 공자는 어디까지나 북궁세가의 사람이에요! 그런 사람한테만 이현 사숙조가 신경 쓰는 건 대사형을 완전히 무시하는 행동이라구요!"

"채연 사매······."

"왜요?"

"방금 전에 뭐라고 했어?"

"그러니까 이현 사숙조가 대사형을······."

"잠깐!"

갑자기 목청을 높여서 전채연의 말을 중간에서 끊은 남운의 표정이 심각해졌다.

"채연 사매, 어째서 이현 사숙님을 자꾸 사숙조라 칭하는 거야? 문파의 존장의 호칭을 자꾸 틀리게 말하면 타 문파 사람들이 우리 종남파를 어떻게 생각하겠어?"

'어맛! 내가 이런 실수를!'

전채연은 남운의 지적에 화들짝 놀란 표정이 되었다.

애초의 계획과는 달리 이현에게 무공을 전수받는 건 고사하고, 숭인상단에서 혹사당하는 남운의 모습에 화가 나서 큰 실수를 범한 것이다.

남운이 지적한 호칭 문제!

정확하다.

틀린 호칭의 당사자가 전채연이 아니라 남운 본인이란 점만 빼고 말이다.

본래 남운과 달리 전채연은 사숙조 이현에 대한 기억이 거의 없었다. 그녀가 아주 어린 시절에 이현은 출종남천하마검행에 나섰고, 돌아온 후에는 곧바로 조사동에 들어가서 폐관 수련을 했기 때문이다.

그래서 전채연은 이현 추격 임무를 맡았을 때 조부인 장문인에게서 그의 용모파기 한 장을 얻었다. 혹시 이현과 마주치고도 알아보지 못할 경우를 대비하기 위함이었다.

즉, 그녀는 변화하기 전의 마검협 이현에게 익숙해져 있는 남운과 달리 그의 얼굴을 객관적으로 볼 수 있었다.

부친 이정명과의 만남으로 변화한 이현의 외모.

특별하게 달라진 게 아니다.

그냥 십여 년 이상 어려지고, 얼굴에 나 있던 상처가 사라졌을 뿐이다. 완전히 다른 사람이 된 게 아니란 뜻이다.

당연히 전채연이 몇 번이나 확인한 용모파기에는 이현 외모의 특징이 그대로 남아 있었다. 거기서 나이만 젊게 하고, 얼굴의 상처만 제거하면 딱 현재의 이현이었다.

게다가 전채연이 처음부터 의심한 건 이현의 무위였다.

장문인의 손녀로 나름 종남파 무공에 대한 견식이 있다고 자부하는 전채연이 보기에 이현은 괴물이었다. 상상을 초월할 정도로 강하고 종남파 무공 전체에 해박했다. 솔직히 조부인 장문인보다 더 나아 보였다.

그런 사람이 세상에 마검협 외에 또 누가 있겠는가?

몇 번에 걸쳐 고심한 끝에 전채연은 숭인학관에서 대과를 준비하고 있는 이현이 바로 마검협 본인이란 결론을 내렸다. 그 외엔 다른 가능성을 찾기 힘들었다.

하지만 그럼 어째서 이현은 자신들을 속인 것일까?

지난 한 달여간 은밀하게 이현과 숭인학관의 관계를 조사한 끝에 전채연은 이런 결론을 내렸다.

잘 모르겠다!

종남파가 낳은 천하무쌍의 고수 마검협 이현은 어찌 된 일인지 대과 준비를 하고 있었다. 갑자기 진로를 바꿔서 입신양명(立身揚名)을 목표로 하게 된 것이다.

괴이한 일! 전채연으로선 아무리 머리를 굴려도 해답을 얻을 수 없는 일이었다!

그래서 전채연은 근래 심각하게 고민 중이었다. 대사형 남운의 무공 진보를 위해 침묵을 지킬지, 종남파에 사람을 보내 이현의 이 같은 기행을 고자질할지에 관해서 말이다.

'그런데 아직 나는 마음의 결정을 내리지 못했으니, 이 일을 어쩐다?'

내심 염두를 굴린 전채연이 특기인 백치미 넘치는 표정을 지어 보였다.

"헤헷! 내가 실수했네요? 대사형, 용서해 줄 거죠?"

남운의 표정이 누그러졌다.

"채연 사매, 앞으로 조심해야 해. 문파 존장에 대한 호칭은 정말 중요한 문제니까."

"알겠어요. 그런데 아직 일거리가 남은 거예요?"

"어, 좀 남았는데, 왜?"

"청양 시내에 변검 공연을 하는 사람들이 왔더라구요? 채연이는 변검이 보고 싶어요!"

"하, 하지만 내가 아직 일을 다 못 끝내서……."

"어차피 대사형을 괴롭히던 사람들 전부 서안으로 떠났잖아요? 오늘 하루쯤 저하고 놀아준다고 해서 문제될 일은 없지 않겠어요?"

"…그, 그런가?"

"그래요! 확실히!"

언제 백치미 넘치는 표정을 지었냐는 듯 어느 때보다 전채연의 태도는 단호했다.

*　　　　*　　　　*

밤.

스산한 바람이 불어오는 대지 위에 한 사내가 달빛을 받으며 서 있었다.

전체적으로 주변의 어둠과 동화된 듯한 모습.

종남파에서 청양으로 돌아오던 철목령주 달리파가 만났던 자.

천멸사신!

바로 그였다.

한데, 그의 배후로 문득 대여섯 개의 그림자가 모습을 드러냈다.

천멸사신과 비슷하달까?

어둠 속에 동화된 그림자들 중 하나가 한차례 읍을 한 후 입을 열었다.

"소주시여! 어찌하여 철목령주를 죽이지 않고 살려두신 것인지요?"

"철목령주는 죽었다."

"하나……"

"철목령주는 죽었다고 했다."

담담한 목소리가 다시 천멸사신에게서 흘러나오자 그림자가 몸을 가볍게 떨었다.

순간적으로 그의 전신을 옭아맨 압박감!

단숨에 넝쿨처럼 온몸을 휘어감더니, 어느새 심장과 목을 노리고 있다. 아마도 눈앞의 천멸사신에게 재차 같은 말이 흘러나온다면 이대로 온몸이 옥죄어 들어서 죽음을 면치 못하게 되리라.

그러자 다른 그림자가 고개를 땅에 박으며 말했다.

"소주시여! 부디 자비를!"

"자비?"

"예, 자비를 베풀어주십시오!"

"자비를 구할 짓을 하지 않는 게 먼저이지 않느냐?"

천멸사신의 냉담한 반응에 다른 그림자들이 벌벌 떨었다. 눈앞의 작은주인이 마음만 먹는다면 자신들을 모조리 이 자리에서 피를 게워내고 죽게 할 수 있음을 알고 있었기 때문이다.

그러나 천멸사신은 그렇게까지는 할 마음이 없었던 것 같다.

"쿨럭!"

문득 그가 펼친 주박에 걸려서 버둥대고 있던 예의 그림자가 격렬한 기침을 터뜨렸다. 죽음 직전에서 가까스로 기사회생한 것이다.

"소, 소주의 자비에 감사드립니다!"

숨을 헐떡이면서도 감사의 인사를 올리는 그림자를 향해 천멸사신이 말했다.

"그걸 알았다면 지금 이 시간부로 청양에서 모두 꺼져라!"

"소주께서는 함께 돌아가시지 않으시는 겁니까?"

"잠시 나는 이곳에 남을 거다."

"맹주님께는 어찌 보고해야 될는지요?"

조심스러운 그림자의 질문에 천멸사신이 어깨를 가볍게 으쓱해 보였다.

"적당히."

"예?"

"적당히 이유를 붙여서 보고하면 된다."

"……."

그림자 전체의 동공이 지진을 만난 것처럼 흔들렸다. 천멸사신이 한 말대로 그들의 주인인 신마맹주에게 보고를 올렸다가는 목숨이 몇 개가 있어도 모자를 터였기 때문이다.

그러나 현재 소주 천멸사신은 완강하다.

그의 마음을 돌릴 수 있는 여지 따윈 보이지 않았다.

그러니 지금은 후퇴함이 옳다.

일단 그렇게 생각하기로 했다.

슉! 스슉! 슉!

천멸사신에게 읍을 한 그림자들이 나타날 때와 마찬가지로 일제히 어둠 속으로 녹아들어 갔다.

슉!

천멸사신이 밤하늘에 별 하나 없이 홀로 떠올라 있는 달에 시선을 던졌다.

'마검협 이현! 이번 기회에 천하제일인에 필적한다는 그의 진면목을 확인해 보는 것도 나쁘진 않을 테지……'

눈이 빛난다.

그 어느 때보다 강렬하고 환희에 찬 채 그러했다.

\*            \*            \*

서안(西安).

본래 명칭은 장안(長安)이다.

주(周)나라 무왕(武王)이 세운 호경(鎬京)에서 비롯되며, 그 뒤 한나라에서 당나라에 이르기까지 약 천여 년 동안 단속적이었으나 수도로 번영하였다. 가장 번영했던 당나라 때에는 인구 백만이 넘는 계획적인 대성곽 도시를 이루어 멀리 서방에도 그 이름이 알려졌다. 고대 비단길의 시발점이며, 당나라의 쇠락으로 쇠퇴하긴 하였으나 여전히 섬서성의 성도이자 가장 큰 도시라고 할 수 있다.

목연의 배웅을 받으며 숭인학관을 출발한 이현을 필두로 한 학사들은 보름의 여정 끝에 서안성을 앞에 두게 되었다.

거대한 서안성의 전경을 바라보며 악영인이 감탄성을 터뜨렸다.

"좋은 성이구나! 좋은 성이야!"

이현이 그를 돌아봤다.

"어떤 점에서 좋은 성이라는 거냐?"

"저 두텁고 네모진 성벽을 보십시오! 성곽 위로 마차가 두 대는 지나갈 수 있을 듯하지 않습니까? 그리고 외곽에 넓고 깊게 파여진 해자로 볼 때 과연 번성했던 당나라의 기상을 느낄 수 있을 듯합니다."

"그래 봤자 망한 나라의 수도잖아?"

"본래 국가란 융성하는 시기가 있으면 망하는 때도 오는 법입니다. 세상에 영원한 건 없다지 않습니까?"

"하긴 무림 역시 언제까지나 정파천하가 계속될 진 알 수 없으니까."

"그래도 이번 무림의 평화는 꽤 오래 갈 거라 생각합니다."

"어째서 그리 생각하는 거냐?"

"화산파에 천하제일인이 건재하고, 그 천하제일인에 필적하는 종남파의 마검협이 있기 때문입니다."

"낯간지러운 소리는 사양하고픈데?"

"왜 낯이 간지럽다고 하십니까? 형님 같은 분을 제자로 둔 마검협 선배를 저는 언제가 됐든 반드시 만나뵙고 싶습니다!"

"만나서 뭐 하려고?"

"그야……."

악영인이 신이 나서 떠들다가 갑자기 입을 다물었다. 얼굴이 살짝 홍조를 띠고 있는 게 뭔가 말하기 부끄러운 생각을 한 것임이 분명하다.

그때 북궁창성이 두 사람 사이에 끼어들었다.

"이 사형, 저쪽 성문으로 학사와 유생들이 모여들고 있습니다."

"그렇군."

이현이 심드렁하게 고개를 끄덕여 보였다. 성문 쪽으로 사람들이 모여드는 건 너무나 당연한 일이었다. 특별히 신경을 쓸 이유가 없는 것이다.

북궁창성이 이현의 그 같은 속내를 읽은 듯 설명을 곁들어 첨언했다.

"3일 후에 치러지는 식년과로 인해 서안성에 수험생들이 모여드는 건 지극히 당연한 일입니다. 섬서성 일대에서 1차 시험을 통과한 사람들이 죄다 모이는 것이니까요. 하나 그런 사람들은 모두 우리 일행처럼 1차 시험 합격증을 가지고 있을 것입니다."

"그런데?"

비로소 이현이 관심을 표명하자 북궁창성이 눈을 빛내며 설명을 계속했다.

"그런데 저기 모여 있는 학사와 유생들은 성문 안으로 바로 들어가지 못하고 있습니다. 성문을 지키는 수비병들에게 검문을 받고 있는 것이지요."

"즉, 저들은 우리 같은 수험생이 아니란 뜻이로구만?"

악영인이 끼어들어 말하자 북궁창성이 그를 한차례 바라보고 천천히 고개를 끄덕여 보였다.

"악 사제의 말대로입니다."

"내가 왜 네놈의 사제냐!"

"숭인학관의 학칙대로 말했을 뿐이다. 우리는 이제 식년과에 응시하러 온 당당한 숭인학관의 학사들이니, 평소와 다른 언행을 보이는 게 옳을 것이다."

"이놈이……."

악영인이 인상을 쓰며 북궁창성에게 달려들려다 움찔한 표정
이 되었다. 이현이 고개를 천천히 가로젓는 걸 봤기 때문이다.

'…쳇! 형님은 또 북궁 애송이 녀석 편을 드는구나!'

악영인이 내심 혀를 차며 입을 다물자 이현이 북궁창성에게
말했다.

"그래서 북궁 사제는 저기 모여 있는 학사 비슷한 자들이
뭘 하는 것 같아?"

"제 생각이 맞다면 시험에 도움을 주기 위해 모인 자들이
아닌가 합니다."

"시험에 도움을 주기 위해 모인 자들? 그게 뭔데?"

第九章

모용조경! 금의위 진무사를 만나다!

　"대과의 2차 시험인 식년과부터는 문제의 수준이 크게 올라갑니다. 그래서 1차 시험을 통과한 수험생들에게 도움을 주는 자들이 시험장 주변에 며칠 전부터 모여든다고 합니다. 저들이 그런 자들이 아닌가 합니다."

　"어떤 식으로 시험에 도움을 주는데?"

　"저도 자세히는 모릅니다만 들은 바대로 말씀드리겠습니다."

　"그래."

　"먼저 저들은 대부분 식년과 시험을 몇 차례나 치러본 자들입니다. 식년과의 경험자들인 셈이지요. 그래서 그들은 그 경험을 수험생들에게 돈을 받고 판다고 합니다."

"어떤 경험?"

"시험장의 분위기, 장소, 시험관에 대한 정보 등등입니다."

"그런 게 중요한가?"

"중요합니다! 1차 시험과 달리 식년과는 모두 일정 이상의 소양을 갖춘 학사들끼리 경합을 벌이는 시험인지라 작은 차이로 등락(登落)이 좌우되곤 하기 때문입니다. 특히 시험관에 대한 정보는 특급으로 분류되며, 가격 역시 비싸게 책정된다고 들었습니다."

"그렇군."

천천히 고개를 끄덕여 보인 이현이 의아한 표정을 지어 보였다.

"그런데 어째서 저들은 서안성에 들어가지 못하고 있는 거지?"

"그 점이 저 역시 궁금합니다. 식년과 시험장에 저들 같은 자들이 모여드는 건 일상적인 일이기에 굳이 저렇게 통제를 할 이유가 없으니까요."

악영인이 다시 끼어들었다.

"뭘 그런 걸 가지고 고민을 하고 있어? 궁금하면 가서 물어보면 되지!"

"……."

이현과 북궁창성이 뭐라고 만류하기도 전에 악영인이 서안 성문 쪽으로 달려갔다. 북궁창성이 쓸데없는 일로 이현의 관심을 끌고 있는 게 못마땅했기 때문이다.

그렇게 얼마나 지났을까?

서안성의 수비대원 몇 명과 얘기를 나눈 후 악영인이 돌아 왔다.

이현이 말했다.

"무슨 일이 벌어진 거냐?"

악영인이 북궁창성을 힐끗 보고 이현에게 말했다.

"골 때리는 일이 벌어진 것 같습니다."

"골 때리는 일?"

"예, 북궁 애송이 말대로 시험에 도움을 주긴 줬는데, 지나 칠 정도로 친절하게 도와준 자들이 있었나 보더라구요."

"어떻게 지나치게 친절하게 시험을 도와줬는데?"

"대리 시험을 치던 자들이 있었던 거 같습니다."

"대리 시험?"

"예, 시험에 관한 사항을 알려주는 대신 아예 수험생 대신에 식년과를 치러주는 거지요. 물론 합격 시 엄청난 고액의 대가를 제시하고서요."

"그런 일이 가능하냐?"

"여태까지는 가능했던 것 같습니다. 뭐, 하긴 식년과를 통과해서 지방 관청의 하급 관리를 하기보다는 한몫 크게 잡는 게 더 나을지도 모르겠지요."

"북경에 가서 계속 대과를 치르면 되는데, 왜 그런 짓을 해?"

"에이, 그건 진짜 어려운 일이잖아요? 이 섬서 땅에서 벌어지는 2차 식년과만 해도 통과가 하늘의 별 따기란 소리를 듣습니다. 그런데 중원 전체에서 날고 기는 수재들이 모여서 치르는 3차 대과 초시는 어떻겠어요? 그야말로 시험의 난이도와 경쟁이 상상을 초월할 만큼 올라간다구요. 식년과를 통과한 수천 명의 학사들이 함께 시험을 치러서 고작 240명만이 4차인 대과 본시를 볼 자격을 얻고, 황제 친견으로 보는 5차인 전시엔 단 33명만이 뽑히니까요."

"그러니까 저들은 식년과를 통과한 후 3차 대과 초시에서 떨어진 자들이겠구나?"

"뭐, 그렇죠. 그중 몇 명은 4차 대과 본시까지 갔다고 주장한다는데 그거야 모를 일이죠. 사실 그 정도까지 공부한 사람이 이렇게 영락한다는 것도 믿긴 힘든 일이구요."

"그런데 여태까지 가능했던 일이 어째서 갑자기 불가능하게 된 거냐? 저기 모여 있는 자들의 숫자로 볼 때 한꺼번에 서안성 밖으로 내몰려 버린 것 같은데?"

"형님, 말씀대로유. 저 대리 시험꾼들은 오늘을 비롯해서 요 며칠 새에 서안성에서 축출당했습니다. 아마 이번 식년과 시험장에는 얼굴도 내비칠 수 없을 겁니다. 북경에서 높은 벼슬아치가 서안성에 감찰을 온 모양이거든요."

"감찰?"

"예, 상당히 고위직인 것 같아요. 그렇지 않다면 이렇게 성 내부를 탈탈 털어서 청소까지 하진 않을 테니까요."

"흠."

이현이 턱을 손가락으로 가볍게 쓰다듬었다. 북궁창성과 악영인의 얘기를 듣는 동안 마음속이 복잡해졌다. 고모 이숙향과 약속한 그의 목표는 3차 대과 초시였기 때문이다.

'쳇! 그렇게 어렵다는 시험을 과연 내가 통과할 수 있을지 모르겠구나! 자칫 잘못해서 저기 모여 있는 자들과 비슷한 나이가 될 때까지 대과에 매달리게 된다면 정말 끔찍한데⋯⋯.'

맨 처음 고모 이숙향과 약속을 했을 때와는 사정이 다르다.

시험의 통과!

그 자체가 아니라 진실한 자신의 실력으로 시험을 통과하는 것으로 이현은 목표를 수정했다. 북궁창성과 목연과 함께하는 동안 그토록 지긋지긋해 했던 글공부에 대한 시각이 조금 바뀌었기 때문이다.

그래서 그는 1차 초시를 통과한 후 꽤 열심히 공부했다.

전혀 농땡이 피우지 않았다.

평소 무학을 대하던 것에 버금갈 정도로 진지하게 글공부
에 매진했다.

그리고 깨닫게 되었다.

글공부!

결코 쉽지 않았다. 알면 알수록 힘들었다. 과거와 달리 그
냥 성현의 말을 외우는 게 아니라 한 구절 한 구절 깨닫고, 이
해하고, 마음 깊숙이 받아들이는 과정을 거치며 얻은 심득이
었다. 본래 그는 하지 않으려 해서 못했던 게 아니라 처음부
터 글공부와는 궁합 자체가 맞지 않았던 것이다.

하긴 노력해서 될 일이었다면 어째서 어린 시절의 이현이
이가장을 도망치듯 뛰쳐나왔겠는가.

'물론 현재 내 공부 수준은 이가장을 떠날 때와는 비교도
되지 않을 만큼 성장했다고 할 수 있다. 하지만 내 학업 성취
도는 무공을 익힐 때와는 비교조차 되지 않는 형편이다. 무공
을 익힐 때 1의 노력을 들였다면, 글공부에는 10 정도는 들여
야 비슷한 수준의 성취를 얻을 수 있단 말씀이야. 그러니 이
번 시험, 결코 통과가 쉽지 않을 거야.'

약한 소리를 하는 게 아니다.

스스로에 대한 현실적인 판단이었다.

이현에게 이 같은 냉철함이 없었다면 출종남천하마검행 당시 결코 험한 무림에서 살아남을 수 없었을 것이다.

그렇게 이현이 심각한 고민에 빠진 사이 숭인학관 일행들은 서안성을 통과했다.

미리 악영인이 성문 수비병들과 안면을 튼 덕분에 다른 사람들보다 빨리 서안성에 들어설 수 있었다. 이런 걸 두고 군바리는 군바리가 알아준다고 해야 하려나?

그런데 성문을 통과하고 얼마 지나지 않았을 때였다.

갑자기 숭인학관 일행을 향해 한 명의 범상치 않게 생긴 오십 대가량의 학사가 총총걸음으로 다가왔다. 길고 탐스러운 수염과 청수한 외모가 얼굴에 '나 권위 있는 학사요!' 하고 써 붙여 놓은 것 같은 사람이었다.

"어험! 험!"

연달아 헛기침을 터뜨려 숭인학관 일행의 주목을 끌어낸 미염(美髥) 학사가 공수를 하며 말했다.

"본인은 서안성에 있는 공부자관의 학사 심유상이라 하외다! 귀공들은 혹시 청양의 숭인학관에서 온 학사들이 아닌지요?"

이현과 악영인이 본체만체하자 북궁창성이 얼른 나섰다.

"그렇습니다만, 심 학사께서는 어찌 저희들에 대해 아시는지요?"

"허허, 이 사람이 제대로 찾아왔구려. 그럼 혹시 귀공이 청양 숭인학관의 기재라는 이현 학사가 맞소이까?"

이현이 그제야 심유상을 바라봤다. 생면부지인 그에게서 자신의 이름이 흘러나오자 의아해진 것이다.

'무림인은 아니군.'

눈앞의 심유상.

전혀 무공을 익힌 기색이 엿보이지 않는 평범한 학사다. 특별한 점이라곤 수염이 참 멋들어지다는 것 정도다.

그때 북궁창성이 말했다.

"소생은 숭인학관의 북궁창성입니다."

"아! 북궁이라면……."

"생각하시는 바가 맞을 것입니다."

북궁창성이 선수를 치자 심유상이 지긋한 눈빛이 되었다.

그가 무림인이 아닌 학사라 하나 섬서성에 사는 사람이었다. 어찌 천하제일세가인 서패 북궁세가에 대해 모르겠는가.

당연히 북궁창성의 말을 듣고 경계하는 마음 또한 일 수밖에 없다. 무림과 유림은 강물이 우물물을 범하지 않는 것처럼 서로 가는 길이 다르다. 우연히 한자리에서 만났다 한들 서로 섞일 수는 없는 법이다.

'……그러나 정말 정갈하게 잘생긴 청년 학사이지 않은가? 무림 세가의 자손이라니, 참으로 아깝구나! 그런데 장맹 사형이

칭찬한 이현이란 학사가 저 청년 학사보다 더 뛰어난 인재라는 말인가?'

서안성의 십대 학관 중 하나인 공부자관 최고의 천재였던 사형 장맹을 떠올리며 심유상은 눈을 빛냈다.

그는 평생 동안 사형 장맹의 그늘 속에서 살아왔으나 전대 공부자관 관주의 딸과 혼인한 덕분에 신세가 폈다고 할 수 있었다. 장인에게서 공부자관을 십 년 전에 물려받아서 근자엔 서안 십대 학사로 제법 이름을 날리는 위치에 오른 것이다.

게다가 승승장구 북경 관계에까지 진출했던 사형 장맹은 몇 년 전 순향 현령이란 한직으로 좌천되었다. 공부만큼 사회 생활은 제대로 못했던 것이리라.

그래도 심유상에게 있어 사형 장맹은 항상 존경과 질투의 대상이었다.

수일 전 장맹이 이현을 잘 부탁한다는 서신을 보내자 그에 대해 부쩍 관심을 가질 수밖에 없었다. 서신 속에 담긴 몇 줄의 글월로 장맹이 이현을 은연중 자신의 사윗감으로 점찍었음을 눈치챘기 때문이다.

'그래서 분명 저 영기발랄하고 잘생긴 학사가 이현일 거라고 생각했거늘… 그럼 저 여자처럼 곱상하게 생긴 학사인가?'

심유상의 시선이 이번에는 악영인을 향했다.

북궁창성 이상으로 곱상한 외모!

남자다움은 좀 떨어지나 한차례 미소만으로 뭇 여인네들의 방심을 뒤흔들 정도로 준수하다.

그때 북궁창성이 이현을 가리키며 말했다.

"저분이 순양에서 치러진 초시의 장원인 이현 사형입니다."

"아! 저 청년 학사가……."

심유상의 얼굴에 살짝 실망의 기색이 스쳐 갔다. 외모만으로 볼 때 이현은 북궁창성이나 악영인보다 분명 못했기 때문이다.

그러나 그는 곧 생각을 달리했다.

'…하긴 장맹 사형이 얼굴만 보고 사윗감을 선택할 리 없지. 자세히 보니, 저만하면 옆에 두 학사가 원체 잘생겨서 그렇지 풍채도 좋고, 인물도 그다지 떨어진다고 할 수 없겠군. 게다가 이번 초시의 장원을 했다니, 과연 장맹 사형이 인정할 만한 인재라고 할 수 있으렷다!'

내심 심유상이 고개를 끄덕이고 있을 때 이현이 불퉁한 표정으로 말했다.

"심 학사께서는 소생을 어찌 아시는 것이오?"

"이거 결례했소이다. 나는 순양의 현령인 장맹 대학사와 동문수학한 사람이올시다. 수일 전, 사형께서 서신을 보내와 이현 학사를 칭찬하고 서안성에서 머무는 동안 편의를 봐주라고 명하셔서 마중을 나온 것이외다."

"실례했습니다."

"이 사람이야말로 지레짐작으로 이 학사를 재단하려 했음이니, 용서해 주시게."

'은근히 말을 놓네?'

이현이 내심 심유상에 대한 평가를 낮추며 말했다.

"그런데 저희 숭인학관 일행이 좀 많습니다. 혹시 서안성에 적당히 머물 만한 객점 같은 곳을 알려주시겠습니까?"

"객점이라니! 거처라면 너무 걱정 마시게! 이 사람이 이래봬도 서안성 십대 학관 중 하나인 공부자관의 관주라네. 이학사 일행은 시험 당일까지 공부자관에서 기거하도록 하시게. 이번에 식년과가 치러지는 시험장과 가까워서 그 이상 가는 거처는 달리 없을 것일세."

"그럼 심 관주님만 믿겠습니다!"

이현이 공수하자 북궁창성과 악영인이 역시 따라 인사했다. 그러자 심유상이 기분 좋게 웃어 보였다.

사실 그에게도 딸이 두 명 있었다.

큰딸은 18세.

작은딸은 16세.

둘 다 슬슬 혼처를 정해야 할 나이였다.

이현과 북궁창성, 악영인 같은 영준하고 실력 좋은 인재들을 보고 있자니 절로 미소가 흘러나왔다. 그들 외에도 몇 명의 학사들이 더 보였으나 이미 병풍이나 다름없는 존재였다.
단 한 명도 심유상의 눈에는 들어오지 않았다.

*　　　　　　*　　　　　　*

숭인학관에서 출발할 때부터 모용조경은 이현 일행과 멀찍
이 거리를 두고 이동하고 있었다.

이유는 몇 가지가 있다.

첫째로 악영인은 여전히 그녀를 꺼려 하고 있었다.

보자마자 대결을 종용당하고, 병기의 불리함 때문에 원치
않는 패배까지 인정해야만 했다.

심중에 억울함이 생각 이상으로 많이 남아 있는 듯하다. 선
대의 약속인 혈맹지약을 지키고자 하는 마음 역시 그리 큰
것 같지 않고.

둘째로 북궁창성이란 존재다.

처음에는 크게 염두에 두지 않았으나 곧 모용조경은 북궁
창성이란 존재를 눈여겨보게 되었다.

악영인에 버금갈 정도로 잘생긴 용모에 무공은 낮으나 명가
의 기상을 지녔다. 게다가 당금 천하제일세가인 서패 북궁세
가의 자손이기까지 하니…….

모용조경으로선 신경을 쓰지 않으려야 않을 수 없는 존재

로 급부상할 수밖에 없었다.

셋째로 이현이다!

그래! 바로 그의 존재다!

모용조경은 숭인학관에 머무는 동안 몇 번이나 이현이란 사람을 파악하기 위해 노력했다. 그란 존재가 그녀에게는 그야말로 신비 그 자체나 다름없었기 때문이다.

그러나 당혹스러울 정도로 이현은 모용조경에게 관심이 없었다. 목연과 함께 시험에 대비한 글공부에 집중하는 데만 관심이 있어 보였다.

어쩌면 인생을 결정지을 만한 중요한 시험을 앞둔 학사로서 당연한 반응일지도 모른다. 동일한 조건의 다른 학사들이 모용조경을 한 번 보자마자 넋을 잃어버렸다고 이현까지 그러란 법은 없으니까.

그런데 이현은 서안행에 나서기 전에 다시 한번 모용조경을 당황시켰다. 그녀를 숭인학관의 호위무사로 만들려는 짓까지 서슴지 않았던 것이다.

그게 모용조경의 자존심을 자극했다.

'이번 서안행이 끝나고 숭인학관으로 복귀할 때까지 반드시 그를 내 발밑에 무릎 꿇리고 말 것이다!'

어느새 강동을 떠나 섬서성으로 찾아온 이유의 본질이 흐려지고만 모용조경이었다.

그렇게 복잡미묘한 이유로 인해 이현 일행과 거리를 둔 채 서안성에 도착한 모용조경의 눈에 이채가 어렸다.

생각 이상이랄까?

강동에서 단 한 번도 본 적이 없을 정도로 서안성은 크고 웅장했다. 강남 제일의 성세와 역사를 자랑하는 항주 정도나 눈앞의 서안성과 비견할 수 있으려나?

'그러고 보니 나는 항주에도 가본 적이 없구나! 상유천당(上有天堂) 하유소항(下有蘇杭)이라 불릴 정도로 아름답고 화려한 도시라고 하던데…….'

하늘에는 천당이 있고 땅에는 소주와 항주가 있다라는 이 유명한 구절은 시인 소동파가 남긴 말이다. 그만큼 강남에서 소주와 항주는 살기 좋고 아름다운 도시로 손꼽히는 곳이었다. 두 곳 모두 춘추전국시대에 강남 전체의 패권을 다투던 오나라와 월나라의 수도였고, 그 후에도 줄곧 번성해 왔기 때문이다.

하나 현 황조에 들어서 소주는 쇠퇴했고, 항주는 더욱 번성하게 되었다. 이제는 항주 홀로 강남제일성의 명성을 유지하고 있는 것이다.

한창 젊은 나이답게 오랜만에 소녀적인 감상을 떠올린 모용조경이 서안성으로 발길을 움직이려다 문득 눈에 이채를 발했다. 자신이 온 반대쪽 관도로부터 대지를 크게 울리는 대규모

인마가 접근하고 있음을 감지했기 때문이다.

'적어도 백여 기 이상의 기마가 이동하고 있는 것 같은데? 중간에 상당한 실력의 고수들이 포함되어 있구나!'

기감을 일으켜서 서안성을 향해 곧바로 달려오고 있는 기마를 살핀 모용조경이 눈살을 가볍게 찌푸려 보였다. 일반적인 군부의 부대 이동과는 성격이 다른 기마가 서안성으로 향하고 있음을 눈치채서였다.

그러니 이제 어찌해야 하려나?

잠시 고민하던 모용조경이 기마가 몰려오고 있는 서쪽 관도를 향해 신형을 날려갔다.

그녀는 역시 무림인이었다.

군부에서도 쉽게 보기 힘든 고수가 섞인 기마다. 그에 대한 궁금증을 그냥 넘기고 싶진 않았다. 서안성에 들어가기 전 나타난 눈앞의 변수에 능동적으로 대처하고 싶었다.


잠시 후.

빠르게 관도를 내달리던 모용조경이 서서히 신형을 멈춰 세웠다.

한 자루 보검처럼 정련된 그녀의 기감!

곧 다수의 고수가 포함된 기마가 몰려올 것임을 파악해 냈다. 희뿌연 흙먼지를 잔뜩 관도 위에 흩뿌리면서 말이다.

그러니 이제 모용조경은 선택해야 한다.

관도 한쪽 구석으로 몸을 피하거나…….

아무것도 모르는 청순하고 어여쁜 처녀처럼 기마가 다가올 때까지 기다리거나…….

모용조경은 후자를 선택했다.

근래 살짝 금이 가긴 했으나 그녀는 자신의 미모에 절대적인 자신감이 있었다.

누가 뭐라 해도 그녀는 강동제일미녀다. 미모에 대한 자존감이 강한 건 지극히 당연한 일이었다.

그렇게 모용조경이 순진하고 청순하며 어여쁜 처녀같이 관도 위를 걷고 있을 때였다.

두두두두두!

맹렬한 말발굽 소리와 함께 한 떼의 기마가 관도 저편에서 모습을 드러냈다.

대략 백여 기 가량?

관부의 기마치고는 그리 많은 숫자가 아니다.

'하지만 하나같이 좋은 명마에다 무공 역시 익힌 자들이로 군. 무림인이 아니라고 가정하면 동창이나 금의위의 고수들일 가능성이 있겠어.'

모용조경은 기마에 탄 자들을 면밀하게 살폈다. 그들이 진짜 자신의 예상대로 동창이나 금의위 소속의 고수라면 일단 피하는 게 낫다는 생각을 한 것이다.

그때 선두를 달리던 자 중 한 명이 갑자기 손을 치켜 올렸다. 홀로 관도 위를 걷고 있는 모용조경을 발견했음이 분명하다.

탁!

그리고 순간적으로 말의 안장을 박차고 뛰어오른 무사가 한 바퀴 회전과 함께 모용조경 앞에 떨어져 내렸다. 비록 말을 먼저 세우긴 했으나 후속 동작이 꽤나 안정적이다. 적어도 일류 수준의 무위를 지녔다고 볼 수 있겠다.

"낭자, 서안으로 가고 있는 중이시오?"

'젊은 나이에 비해 안광이 선명한 게 명문의 무공을 익힌 자로구나!'

모용조경이 자신의 앞을 가로막아 선 삼십 대 초반의 무사를 눈으로 살피고 천천히 고개를 끄덕여 보였다.

"예, 저는 서안에 가고 있습니다. 그런데 어째서 제 앞을 가로막아 서신 거지요?"

"아! 오해는 마십시오! 소관은 금의위의 위사 양홍걸이라 합니다."

'역시 금의위였구나!'

모용조경은 청아한 눈매를 살짝 찡그려 보였다.

금의위란 본래 황성(皇城) 자금성 일대의 호위를 위해 설치

한 금위군(禁衛軍)을 뜻한다. 훈공(勳功), 혈연관계가 있는 도독을 장관으로 두고, 그 밑으로 남북의 두 진무사(鎭撫司)로 하여금 중원을 관리감찰 하였다.

그 외에도 금의위는 황제의 거동 때 의장, 궁정 수호, 경성 안팎 순찰, 죄인 체포 및 신문 등도 담당하였다. 따로 조옥(詔獄)을 두어 형부의 법률절차를 밟지 않고 투옥할 정도로 막강한 권력을 가진 기관이라 할 수 있었다.

그래서 강호 무림을 돌아다니는 무림인들은 금의위와 관계를 맺는 걸 꺼려 했다. 자칫 잘못하여 그들의 눈 밖에 나거나 의심을 사게 될 경우 구족이 몰살당하기 십상이었기 때문이다.

그래서였을 것이다.

자신의 신분을 듣고 모용조경의 안색이 변하자 양홍걸이 슬쩍 겸연쩍은 표정을 지어 보였다.

"낭자께서는 너무 놀라지 마십시오. 금의위는 결코 선량한 사람들에게 위해를 가하지 않으니까요."

"예, 말씀은 알겠습니다. 그런데 어째서 제 앞을 가로막으셨는지에 대한 대답이 아직 없으시군요?"

모용조경의 날카로운 반문에 양홍걸이 뒤통수를 긁적이며 웃어 보였다.

"이거 당황스럽군요! 보통 이런 질문을 하는 편이지, 듣는 편은 아니라서……."

"……."

"제가 모시고 있는 진무사께서 낭자를 잠시 뵙고 싶어 하십니다."

'역시!'

모용조경은 미간이 절로 찌푸려지는 걸 느꼈다. 양홍걸이 신형을 날려 올 때부터 귀찮은 일이 발생하리라 생각했는데 여지없다. 강동에서 무림행을 시작했을 때부터 이와 비슷한 일을 몇 번이나 겪었던가.

내심 고개를 가로저은 모용조경이 거절의 뜻을 분명히 하려다 양홍걸의 간절한 시선을 느꼈다.

'그러고 보니 금의위의 진무사라면 상당히 고위직이잖아? 그런 권력자의 비위를 거스른다면 서안같이 큰 도시에서 활동할 때 많은 제약을 받겠구나!'

만약 행선지가 서안이 아니었다면 모용조경은 가차 없이 양홍걸의 제안을 거절했을 터였다. 이런 종류의 추근거림에 응하기 위해 고소 모용가를 떠나 섬서행을 감행한 게 아니었기 때문이다.

그러나 하필 그녀는 서안을 향하고 있었고, 눈앞의 금의위 위사들의 목적지도 같아 보인다. 일방적으로 그들을 이끄는 진무사의 요청을 거절한다면 후환이 무궁하리란 건 자명한 사실이었다.

모용조경이 내심 한숨과 함께 양홍걸에게 고개를 끄덕여 보였다.

"진무사께서는 어디에 계신가요?"

"낭자, 감사합니다!"

양홍걸이 살았다는 표정과 함께 활짝 웃고는 모용조경을 기마대 뒤에 서 있는 마차로 안내했다.

'꽤 큰 마차구나!'

모용조경이 마차의 크기와 화려한 외관에 눈을 빛내고 있을 때 양홍걸이 조심스럽게 고했다.

"양 위사가 진무사 대인의 명을 받자와 귀인을 모셔왔습니다!"

"들라 하세요!"

'이건⋯⋯.'

모용조경은 마차 안에서 들려온 목소리에 놀란 표정을 지었다. 금의위의 권력자인 진무사가 탄 마차 안에서 들려온 목소리가 여인의 것이었기 때문이다.

그때 마차 문이 열리자 양홍걸이 정중하게 말했다.

"낭자, 안으로 드시지요!"

"⋯⋯."

모용조경이 묘한 시선으로 양홍걸을 바라보고 마차 안으로 들어갔다.

'역시!'

마차 안에 들어오자마자 모용조경은 내심 고개를 끄덕였다. 자신의 예상대로 진무사가 여인이었기 때문이다.

마차 안에 탄 사람은 두 명.

그중 한 명은 백의궁장 차림을 한 이십 대 중반 가량의 미녀였고, 다른 한 명은 붉은 경장 차림에 화장이 짙은 사십 대여인이었다.

그중 백의궁장 차림의 미녀가 모용조경을 향해 하얀 치열을 드러내며 웃어 보였다.

"과연 내 예상대로 무척 예쁜 동생이로군. 나는 주목란이라고 해. 앞으로 목란 언니라 부르면 돼."

"제 이름은 모용조경이라 합니다."

"모용조경? 설마 동생이 근래 강동 무림을 떠들썩하게 한다는 천룡검후는 아니겠지?"

"무림에서는 저를 그렇게 부른다고 하더군요."

"어머!"

놀란 표정을 지은 주목란이 갑자기 손을 뻗어 모용조경을 자신의 곁으로 잡아끌었다.

'고수!'

모용조경은 잠시 갈등했다. 순간적으로 주목란의 손길을

뿌리치고 그녀에게서 벗어나고 싶은 충동을 느꼈던 것이다.

그러나 상대는 동창과 어깨를 나란히 하는 금의위의 2인자 격인 진무사였다. 어쩌면 황성인 자금성에서 멀리 떨어진 이곳 섬서성에서는 금의위 최고의 권력자라고 볼 수 있었다. 괜스레 그녀와 척을 져서 좋을 게 없다는 뜻이다.

그렇게 고민하는 사이 모용조경은 주목란의 옆자리에 앉혀 졌다.

눈 깜짝할 새 벌어진 일이다.

'과연 내가 저항했다면 결과가 달라졌을까?'

모용조경은 솔직히 자신할 수 없었다. 그만큼 방금 전 주목 란이 펼친 한 수는 매서웠다. 흡사 한 마리 매가 쏜살같이 날 아와 병아리를 낚아채는 것 같은 날카로움과 변화를 동시에 함유한 금나수였다.

모용조경의 변한 안색을 재밌다는 듯 바라보며 주목란이 입가에 흐릿한 미소를 매달았다.

"호호, 조경 동생은 꽤 의심이 많은 성격이구나?"

"강호에 홀로 나오다보니 아무래도 매사 조심성을 갖게 되었습니다. 혹시 결례를 범했다면 용서해 주세요."

"어머, 조경 동생을 탓하려는 게 아니니까 긴장하지 마. 이래 봬도 나는 국가의 녹을 먹는 입장이니까 죄 없는 사람을 강압하진 않아."

'거짓말!'

주목란의 맞은편에서 쥐 죽은 듯 앉아 있던 붉은 경장 차림의 여인, 혈갈 진화정이 내심 반박했다.

그녀는 며칠 전까지 창주에서 분주하게 청양 일대에 하오문 조직을 만들어가고 있었다.

근래 섬서 하오문 서열 3위에까지 오른 만큼 그녀답지 않게 꽤나 근면성실하게 일했다. 이번 청양건만 잘 마무리 지으면 몇 년 후 섬서 하오문의 1인자가 될 수도 있겠다는 판단을 오래전에 내린 까닭이었다.

그러나 본래 호사다마(好事多魔)라고 했던가?

좋은 일에는 꼭 마(魔)가 꼬여든다고, 창주제일루에서 평소처럼 하오문 업무에 몰두하던 진화정은 갑자기 들이닥친 금의위에게 붙잡혔다.

금의위 1급 위사들에게 보쌈을 당한 그녀는 지금 눈앞에 앉아 있는 진무사 주목란과 대면하게 된 것이다.

당연히 혼백이 흩어질 만큼 놀라지 않을 수 없다.

하오문같이 강호의 정보를 다루는 조직에서 가장 두려워하고 경계하는 게 관부조직, 그중에서도 '창위'였다. 창위란 황제 직속의 사정기관이자 관리감찰조직이자 정보조직인 동창과 금의위를 합쳐서 일컫는 말이었다.

한마디로 말해 한데 얽히는 순간 모가지가 날아가는 건

기본!

자칫 잘못하면 사돈에 팔촌까지 포함된 집안 전체가 거덜 날 소지가 있었다. 어떤 일이 있어도 창위와는 되도록 얽히지 않게 조심하라는 게 하오문 내부의 강령이었다.

그런데 그 창위 중 금의위의 권력 서열 2위권인 진무사와 맞닥뜨리게 되다니!

진화정은 잠시 염두를 굴린 후 곧바로 찰싹 바닥에 엎드렸다. 무슨 일로 자신을 찾은 건지는 모른다. 전혀 짐작조차 되지 않는다.

그래도 그녀는 그냥 조아렸다.

무조건적인 협조를 맹세했다.

어떻게든 이 위기에서 벗어나야 한다는 판단이었다.

'그렇게 저기 여우 같은 천룡검후 년의 행방에 대해서 알아 내 놓고서 능청을 떨기는! 그리고 뭐, 언니라고 부르라고? 그런데 왜 나는 시비 취급하는 건데! 언니 취급까지는 아니어도 공대 정도는 해줄 수 있는 거잖아!'

생각하면 할수록 울화가 치밀어 오른다.

천룡검후 모용조경!

강동제일미녀인지는 몰라도 현재는 그냥 몰락한 가문의 후예일 뿐이다. 강동 지역에서 한참 떨어진 섬서성에서는 결코 하오문 서열 3위인 진화정보다 낫다고 할 수 없었다. 적어도 진화정 본인은 그렇게 생각했다.

그래서 억울했다. 화가 났다. 주목란의 노골적인 사람 차별이 말이다.

그러나 주목란은 진화정의 그 같은 생각을 아는지 모르는지 모용조경에게만 관심이 있어 보인다. 독특한 갈색의 눈으로 꼼꼼하게 그녀의 섬세한 옥용을 살피곤 다시 입가에 미소를 매달았다.

"호호, 조경 동생은 과연 강동제일미녀란 말이 틀리지 않는 미모로구나! 혹시 황실의 안주인이 되고 싶은 마음은 없어?"

'화, 황실의 안주인!'

진화정은 너무 놀라서 자칫 기침을 터뜨릴 뻔했다. 주목란이 지금 모용조경을 황제의 부인인 황후로 옹립할 뜻을 내비쳤기 때문이다.

모용조경이 살짝 긴장한 표정으로 고개를 가로저었다.

"어찌 감히 한미한 신분으로 분수에 맞지 않는 자리에 마음을 품을 수 있겠습니까?"

"강동의 고소 모용 씨는 본래 과거 중원의 한 귀퉁이를 차지했던 왕조의 뿌리예요. 게다가 백 년 전만 해도 무림 중에 당당한 천하제일가였던 터! 어찌 조경 동생이 한미한 신분이라 할 수 있겠어요?"

"하나 현재는 그저 가문의 명맥만 간신히 유지하고 있을 뿐입니다. 과거의 부귀영화는 어른들의 기억 속에서도 바래졌을 따름입니다."

'혜에, 저년 제법이네?'

진화정은 모용조경에 대한 자신의 생각을 조금 수정했다. 그녀가 주목란 앞에서 철두철미하게 자세를 낮추는 걸 보고 그냥 무공과 미모만 출중한 애송이는 아니란 생각이 든 것이다.

그러자 주목란이 고개를 갸웃해 보이며 묘한 표정을 지어보였다.

짜증?

권태?

그보다는 맥이 빠진다는 표정인 듯싶다.

그렇게 재미가 반감된 표정을 한 채 잠시 모용조경을 바라본 주목란이 어깨를 으쓱해 보였다.

"조경 동생이 그렇게까지 사양하니 어쩔 수 없네. 하지만 나중에라도 만인지상의 자리에 관심이 생기면 꼭 나한테 말해 줘. 무슨 일이 있어도 내가 조경 동생을 반짝반짝 빛나게 해 줄 테니까."

"감사한 말씀, 마음속에다만 간직하겠습니다."

"그럼, 그건 그렇고."

'드디어 본론에 들어가려는 거구나!'

모용조경이 내심 긴장할 때였다.

슥!

갑자기 더욱 친밀해진 표정으로 모용조경의 동그란 어깨에 팔을 걸친 주목란이 갈색 눈을 빛내며 말했다.

"조경 동생은 어째서 서안으로 가고 있는 거야?"

"그건……."

잠시 말을 끊고 생각을 정리한 모용조경이 정직하게 대답했다.

"정혼자가 이번에 서안에서 시험을 치릅니다."

"정혼자가 있었어?"

"예, 태중정혼자입니다."

"어머!"

주목란이 한 손으로 입을 가리며 눈을 반달 모양으로 만들었다.

"내가 큰 실례를 했네. 정혼자가 있는 사람한테 정말 쓸데없는 바람을 불어넣어 버렸어."

"……."

"그래서 어떤 행운아가 강동제일미녀의 정혼자인 거야?"

"악가의 4남, 무산 공자입니다."

"산동악가의 4남?"

"예."

주목란의 갈색 눈이 갑자기 묘한 기운을 발했다. 금의위에서 특별히 관리 감독하는 세력 중 하나가 바로 군문의 명가 산동악가였다.

당연히 그곳의 일거수일투족을 주목란은 누구보다 잘 알고 있었다. 4남 악무산이 어렸을 때 급사한 것 역시 모를 리 없는 것이다.

'그러고 보니 악가의 4남은 쌍둥이였다지? 그래서 쌍둥이 동생이 대신 산해관 쪽으로 출사했다고 하던데… 이름이 악영인이라 했던가?'

빠르게 산동악가와 악영인에 관한 정보를 머릿속에서 정리한 주목란이 입가에 은은한 미소를 매달았다. 왠지 아주 재밌는 정보를 얻은 듯하다. 향후 서안에서 조금쯤 즐거운 일이 생길 것 같은 기대감이 가슴속에서 출렁거렸다.

그러나 곧 그녀는 시치미를 뗐다.

"산동악가의 4남과 고소 모용가의 천룡검후라니! 정말 보기 드물 정도로 잘 어울리는 한 쌍이잖아!"

"……"

"잘됐네! 마침 우리도 서안에 일이 있어 가는 중이니까 함께 동행하기로 해!"

"굳이 그러실 필요는……."

"내가 조경 동생이 마음에 들어서 그래! 순수한 호의니까 그냥 받아들이도록 해!"

살짝 강해진 주목란의 태도에 모용조경이 남몰래 한숨을 내쉬고 선선히 고개를 끄덕여 보였다.

"…그럼 잠시 신세를 지도록 하겠습니다."

"잠시가 아니라 쭉 져도 돼. 그 신세!"

"……"

모용조경이 입을 다물고 다시 고개를 끄덕여 보였다. 그러는 사이 마차가 다시 움직이기 시작했다. 마치 원하던 바를 이미 이뤘다는 듯이 말이다.

第十章

천상천하유아독존(天上天下唯我獨尊)이나
다름없는 성질머리!

공부자관(孔夫子館).

이름에서 알 수 있다시피 유교의 교조라 할 수 있는 공자 공구를 존경하는 의미를 담은 학관이다. 부자라는 말속에 스승이란 의미가 담겨 있기 때문이다.

이곳의 관주인 학사 심유상을 따라온 이현을 위시한 숭인 학관 일행은 내심 찬탄을 터뜨렸다. 청양의 오랜 명문인 숭인 학관보다 몇 배나 되는 공부자관의 규모에 놀라고 만 것이다.

북궁창성이 내심 고개를 끄덕였다.

'서안성 십대 학관 중 하나라고 하더니, 과연 규모가 상당하

구나! 서안성 안에 본가와 비교해도 그다지 떨어지지 않을 정도의 학관이 존재하다니……'

북궁창성이 당금 천하제일세가인 북궁세가와 눈앞의 공부자관의 규모를 은연중 견줘볼 때였다.

공부자관에서 뛰어나온 학동 몇 명이 숭인학관 일행을 객관으로 안내했다. 하는 행동이 일사천리인 게 처음부터 심유상이 모든 것을 명령해 놓았던 것이 분명하다.

그렇게 숭인학관 일행이 객관에 짐을 풀고 얼마나 지났을까?

자신의 처소로 배당된 작고 정갈한 방에 들어와 침상에 벌렁 드러누운 이현이 고개를 까닥거려 보였다.

이제 식년과까지 단 3일!

문득 그동안 목연과 함께 열심히 공부했던 나날이 주마등처럼 뇌리를 스쳐 간다.

초시를 준비할 때와는 다르다.

정말 이현은 진심으로 죽어라 식년과를 준비했다.

태어나 이렇게 공부에 전념한 적이 있었나 싶을 만큼 전력을 다했다.

그래서 이현은 마음이 복잡했다.

'목 소저는 내가 식년관에서 통과할 가능성이 반반이라고 했다. 초시 때와 같은 행운은 다시 일어나지 않을 걸 감안하면 사실 그것도 후할 것이다. 이번 식년과를 치르기 위해 서안에 모여든 학사들은 모두 초시를 합격한 자들이니까.'

슬며시 마음이 답답해져 온다.

코앞에 닥친 시험의 압박감이다!

차라리 생사를 장담 못 할 싸움을 앞뒀을 때가 좀 더 마음이 편했을 것 같다. 어쩌면 이현이 이번 시험에 진심이 되었기 때문일지도 모르겠다.

그렇게 이현이 복잡한 상념에 사로잡혀 있을 때였다.

벌컥!

방문이 열리며 악영인이 이현이 누워 있는 침상으로 뛰어들어 왔다.

"형님, 뭐 하슈?"

"보면 모르냐?"

"그러니까 대낮부터 침상에 누워서 뭐 하시는 거냐구요?"

"상념이 잠겨 있지."

"뭔 상념이요?"

"이번 시험이 끝난 후에 뭘 할까에 대한 상념!"

"아하!"

악영인이 뭔가 이해했다는 표정과 함께 이현이 누워 있던 침상에 풀쩍 뛰어들었다.

그동안 자신의 정체를 눈치챈 조준 때문에 행동의 제약이 많았다. 자신도 모르게 이현과 함께할 때 조준의 눈치를 보게 되었던 것이다.

'하지만 그는 지금 없으니까!'

내심 시원섭섭한 감정을 느끼며 조준을 머릿속에서 치워 버린 악영인이 이현에게 몸을 기대며 말했다.

"형님, 뭘 걱정하십니까? 형님은 지난 초시의 장원 아닙니까?"

"그게 내 실력이라고 생각하냐?"

"아뇨."

"그런데 왜 그런 쓸데없는 말을 해?"

이현이 고개를 옆으로 돌려 버리자 악영인이 콧잔등에 살짝 주름을 잡고 말했다.

"그런데 형님, 저 한 가지 궁금한 게 있습니다."

"말해."

"대과에 합격하면 형님은 뭘 하실 작정이십니까?"

"천하제일인한테 찾아가야지."

"운검진인이요?"

"어."

너무 쉽게 흘러나온 이현의 대답에 악영인이 눈을 반짝였다. 오랫동안 이현에게 듣고 싶던 말이다. 이렇게 갑작스럽게 듣게 되자 온몸에 소름이 쫘악 끼쳤다.

"그게 진짜 형님의 목표인 거로군요?"

"어."

"그런데 자신 있습니까?"

"솔직한 대답을 원하냐?"

"예."

이현이 그제야 악영인 쪽으로 고개를 돌리곤 말했다.

"3일 뒤 치러지는 시험보다는 많다."

"예에? 에이, 그래도 그건 아니죠!"

"뭐가 아냐?"

"천하제일인을 이기는 겁니다! 천하제일인! 그런데 고작 식년과를 통과하는 것과 비교를 하다니요!"

"예를 들자면 그렇다는 거다. 그리고 너 은근히 글공부를 얕잡아본다?"

"아니, 그런 게 아니라⋯⋯."

"뭐, 나도 얼마 전까진 그랬으니까 널 탓하고 싶진 않다. 하지만 이 글공부란 게 진지하게 각을 잡고 해보니까 장난이 아니더라."

"⋯뭐, 어렵긴 하죠. 특히 형님이나 저같이 천성적으로 몸을 움직이는 일에 최적화가 된 사람은 책상 앞에 앉아서 온종일 서책을 읽는 건 쥐약이나 다름없으니까요."

"단지 그것만이 아니라⋯⋯."

"아니라?"

"…됐다!"

이현은 갑자기 대화를 중단했다. 악영인에게 목연과 함께 공부하던 중 느낀 어려움을 정확하게 설명할 자신이 없었기 때문이다.

본래 심득이란 게 그렇다.

고래로부터 세상에 무수히 많은 종파와 백가의 학문이 넘쳤고, 그중 깨달음을 얻은 자 역시 부지기수였다. 그들은 한 종파의 조사가 되거나 현자, 스승, 성불이 되었고 문하에 무수히 많은 제자들을 두었다.

그러나 그들이 문하에 거둔 무수히 많은 제자들 중 과연 진체(眞諦)를 얻은 건 몇 명이나 되겠는가?

후학은 선배의 깨달음을 배우려 하나 모든 것을 얻지 못한다.

앎.

심득이란 가르친다고 해서 얻을 수 있는 게 아니기 때문이다.

이현이 근래 평생 동안 증오하고 경원시했던 학문에 몰두하며 얻은 깨달음 역시 마찬가지다.

어느 날 갑자기 불쑥 머릿속에 찾아들어 그를 변화시킨 깨달음은 하나의 밀알이었다. 그의 마음속에 파고들어 작은 싹을 틔웠으나 아직은 어떻게 성장할지 알 수 없었다.

즉, 이현의 침묵은 한 분야에 우뚝 선 자가 스스로를 경계하는 것이었다. 자칫 어설픈 앎을 전달해서 타인을 심마에 빠지게 하지 않기 위함이었다.

그렇게 이현의 침묵이 길어지자 악영인이 화제를 바꿨다.

"형님, 어찌 됐든 화산에 갈 때는 반드시 저도 끼워주셔야만 합니다!"

"왜? 아직도 운검진인과 한판 붙어 보고 싶다는 마음을 거두지 않은 거냐?"

"그건 포기한 지 오래유."

"그럼?"

"그야 당연히 형님 뒤에서 응원하기 위함이 아니겠수?"

"네가 응원하면 내가 더 힘이 나냐?"

"형님은 나 없으면 안 되는 사람이잖수!"

"미친놈!"

이현이 악영인의 너스레에 욕을 하면서 침상에서 일어났다. 서안에 왔으니 산책이라도 해야겠다는 생각이 든 것이다.

악영인이 얼른 따라 나섰다.

"형님, 술 마시러 가시우?"

"정말 미쳤냐?"

"술 마시지 않아도 괜찮으니까 나도 데려가시오!"

"왜?"

"여기 숭인학관보다 학생들이 많아서 좀 숨 막히지 않수?"

"하긴."

이현이 처음으로 악영인의 말에 동조하고 방을 빠져나갔다. 일단 공부자관을 빠져나가고 볼 작정이었다.

*          *          *

북궁창성의 잘생긴 얼굴이 곤혹스러움으로 굳어 있었다.

현재 그는 객관으로 슬며시 찾아온 공부자관의 관주 심유상에게 붙잡혀 내청에 와 있었다.

공부자관의 내청은 관주 심유상 가족이 기거하는 일종의 별채로 꽤나 규모가 크고 아름다웠다.

몇 개나 되는 별채의 전각 주변으로 인공 가산과 연못, 수목림 등이 정갈하게 마련되어 있는 게 명문세가와 비교해 결코 못하지 않아 보인다.

그런 내청의 정원이 그대로 내다보이는 풍월각에 초대받은 북궁창성의 앞에는 심유상과 그의 두 딸이 앉아 있었다. 일찍이 객관을 빠져나간 이현과 악영인 덕분에 북궁창성만 심유상의 사윗감 시험에 초대받게 된 것이다.

북궁창성을 불러온 후 일부러 큰딸 심연아와 작은딸 심화

옥에게 다과를 내오게 한 심유상은 이미 싱글벙글이었다.

눈이 높고 콧대가 세기로 서안에서 둘째가라면 서러울 큰딸과 작은딸이 동시에 북궁창성에게 넋을 놓아버렸다. 다과를 준비시킬 때만 해도 잔뜩 골이 나 있었는데, 지금은 아예 방에서 떠날 생각이 없어 보인다.

특히 심연아의 시선은 북궁창성에게 꽂힌 채 떨어질 줄을 모른다. 이미 그 속내가 어떠한지 대충 짐작이 가는 바이다.

'딸들의 마음을 알았으니, 이젠 슬슬 내보내야겠구나! 계속 이곳에 있게 했다간 북궁 공자가 우리 심가를 격조(格調) 없다고 무시할 수도 있으니까!'

내심 염두를 굴린 심유상이 나직한 헛기침과 함께 두 딸에게 말했다.

"내 북궁 공자와 긴히 할 얘기가 있으니, 너희들은 이만 물러가도록 하거라!"

"……."

말이 없이 부친의 눈치를 살피는 심연아와 달리 심화옥은 두 볼을 빵빵하게 부풀렸다. 평생 처음 보는 미남인 북궁창성과 헤어지는 게 싫었기 때문이다.

"아버님, 소녀도 여기 있고 싶사옵니다!"

"어허!"

심유상이 언성을 살짝 높이자 심연아가 부친의 뜻을 눈치채고 심화옥의 옆구리를 꼬집었다.

"아얏!"

"아버님, 그럼 소녀들은 이만 물러나겠습니다."

"어, 언니이!"

"잔말 말고 따라오거라! 북궁 공자님 앞에서 창피하지도 않더냐?"

심연아의 꾸지람에 심화옥이 울상이 되었다. 북궁창성이 자신을 하찮게 볼까 봐 겁이 난 것이다.

그렇게 두 딸이 방을 빠져나가자 심유상이 어색하게 웃어 보이더니, 바로 북궁창성에게 본론을 꺼냈다.

"북궁 공자, 혹시 혼처를 정해둔 바 있는가?"

"아직 없습니다만……."

"잘됐구만!"

"…예?"

"군자는 속내를 드러냄에 있어 거짓이 없어야 한다고 했으니, 내 단도직입적으로 말함세! 내 두 딸이 어떠한가?"

"……."

북궁창성의 얼굴에 곤혹스러움이 스쳐 갔다.

그 역시 천하제일세가라 불리는 명문 북궁세가의 자제이다. 서안성에서 손꼽히는 학관의 관주인 심유상이 자신만 청해 두 딸을 일부러 보여준 이유를 모를 리 만무하다. 애초에 이현과 악영인이 객관을 나가지 않았다면 그들 역시 똑같은 꼴이 되었을 게 분명했다.

'정말 곤란하게 되었구나! 여기서 내가 대놓고 거절의 뜻을 밝히면 당장 숭인학관의 학사들이 공부자관에서 내쫓길지도 모르는데……'

서안성에 들어온 후 알게 되었다.

현재 식년과 시험의 여파로 인해 시험관 부근에는 이미 남은 객점이나 여인숙이 전무했다.

일찍부터 서안에 온 수험생들과 그들의 수행인들이 좋은 곳을 몽땅 차지해 버린 것이다.

그래서 시험이 끝날 때까지 공부자관에 머물게 된 건 숭인학관 학사들에게 무척 반가운 일이었다. 만약 성문을 통과하자마자 심유상을 만나지 못했다면 머물 곳을 찾는 데 무척 고생해야 했을 터였다.

고심 끝에 북궁창성이 입가에 담담한 미소를 매단 채 말했다.

"심 학사님의 말씀, 소생에겐 정말 과분합니다. 하나 아쉽게도 소생은 아직 일가를 이룰 준비가 되지 못한 것 같습니다."

"내 두 딸이 마음이 들지 않는다는 것인가?"

"그런 것이 아니라 소생은 본래 무림세가의 인물이기에 혹시 심 학사님과 이곳 공부자관에 위해를 끼칠까 봐 걱정이 되는 것입니다."

"……."

"그런 점에 있어서 악무산 공자는 악가의 귀공자로 소생보다 무림과는 거리가 있다고 할 수 있습니다."

"오호! 악무산 공자가 산동의 악가 출신이었는가?"

"그렇습니다. 이미 군역도 훌륭하게 수행하고 학문의 길에 들어섰지요. 아마 이번 식년과 역시 그리 어렵지 않게 통과할 수 있을 겁니다."

"그렇군! 그래!"

심유상이 연신 고개를 끄덕이며 눈을 반짝였다.


산동악가!


무림에서는 사패 중 동패로 유명하나 유림이나 사대부, 권문세족 사이에선 군문의 명문이라 할 수 있다. 과거 천하의 명장이었던 비장군 악비 악무목으로부터 면면히 이어져 온 충의와 절개의 가문이기 때문이다.

당연히 심유상 입장에서는 무림에서나 행세를 하는 북궁세가보다 훨씬 구미가 당기는 가문이라 할 수 있었다.

북궁창성의 의도대로 완전히 악영인에게 마음이 넘어가 버린 것이다.

그 모습을 지켜보며 북궁창성이 슬쩍 미소를 지어 보였다.

'악무산! 그러게 그동안 내게 좀 잘하지 그랬느냐? 항상 사람은 자신이 뿌린 대로 거두게 마련인 것이다!'

모용조경을 만난 후 난감해 하던 악영인의 모습!

똑똑하게 뇌리에 담아두었다.

이제 그에게 심유상과 두 딸이란 폭탄을 떠넘겼으니 향후 모용조경과의 사이에서 어떤 꼴이 될지 무척 흥미진진했다. 이제 이현과 함께 건넛마을 불구경하듯 지켜보면 될 것 같았다.

*　　　　*　　　　*

"에, 에취!"

악영인이 재채기를 하자 이현이 돌아보고 고개를 가로저었다.

"이 기침은……."

"그러게 말이유. 누가 나한테 못된 짓이라도 하고 있는지, 자꾸 귀도 간지러운 게 죽겠수."

"…그건 네놈이 더러워서야."

"내가 뭐가 더럽수?"

"처음 만났을 때부터 너는 더러웠고, 지금도 마찬가지야. 숭인학관에서 지내기 시작한 후에도 가장 안 씻는 사람이 네놈 이잖아!"

"그렇지 않수! 형님을 만났을 때는 마침 좀 방황하던 때였고, 숭인학관에서 지낸 후부턴 꼬박꼬박 잘 씻고 다녔수다!"

"그런데 어째서 학생들끼리 등목하거나 목욕할 때 네놈은 한 번도 보이질 않았던 거냐?"

"거, 거야……."

"더러운 놈!"

이현이 악영인을 향해 손을 휘휘 저어 보였다. 더러우니까 가까이 다가오지 말라는 의도가 담긴 손짓이다.

그러자 악영인이 억울한 표정이 되어 오히려 더 이현에게 들이댔다. 자신의 몸을 마구 부딪치면서 소리쳤다.

"어디 냄새 맡아보슈! 냄새 맡아보면 될 거 아뇨!"

"내가 왜 네놈 냄새를 맡아! 말만 해도 냄새나는 거 같으니까 얼른 저리 가!"

"냄새는 누가 난다고 그러는 거유! 맡아보지도 않고 그렇게 사람을 억울하게 하는 거 아니유! 그리고……."

슥!

갑자기 이현이 손을 들어서 제지하자 악영인이 움찔한 표정으로 입을 다물었다. 이현보다 조금 늦긴 했으나 그 또한 묘한 살기를 감지했다.

그리고 바로 그때였다.

쉬아아아악!

대기를 찢어발기는 날카로운 파공성과 함께 이현의 머리 위로 한 자루 삼지창이 날아들었다.

'겉으로 보이는 것보다 훨씬 맹렬하다!'

악영인은 창술의 고수답게 하늘을 가로질러 떨어져 내린 삼지창에 실린 공력을 대번에 알아챘다.

사실 중요한 건 공력이 아니다.

삼지창에 담겨 있는 일종의 암경이었다.

악영인이 볼 때 겉으로 보이는 기세보다 삼지창 속에 담긴 암경이 훨씬 위험했다. 단순하게 생각하고 삼지창을 피하거나 낚아챌 경우 아주 위험한 사태에 직면하게 될 가능성이 높았다.

그러나 삼지창을 던진 자는 이현에 대해 얼마나 알고 있는 것일까?

그다지 깊이 알고 있지 않을 거라고 생각했다.

그것은 악영인 자신 역시 마찬가지이고 말이다.

스스슥!

순간 악가비천행을 펼쳐 공중으로 뛰어오른 악영인이 이현을 향해 내리꽂히는 삼지창을 낚아챘다.

움찔!

그러자 예상했던 대로 폭발한 암경!

악영인은 공중에 뜬 상태 그대로 바닥으로 메다 꽂히듯 떨어져 내렸다.

"크아악!"

악영인이 비명 같은 일성대갈을 터뜨렸다.

빙글!

그리고 공중에서 한 차례 신형을 회전시키자 거짓말처럼 삼지창의 방향이 바뀌었다.

콰득!

최초 목표였던 이현과 삼 장 가량 떨어진 장소로 삼지창이 내리꽂혔다.

우당탕!

그와 함께 삼지창으로부터 튕겨져 나간 악영인이 바닥을 세 바퀴 구르고 신형을 일으켜 세웠다. 공중에 이어 몇 차례의 회전을 거쳐서야 삼지창에 담겨 있던 암경을 완전히 해소시킬 수 있었다.

이현이 말했다.

"뭐 하냐?"

악영인이 몸에 묻은 흙먼지를 툭툭 털고 삼지창 쪽으로 걸어가며 말했다.

"그냥."

그때 금색이 감도는 경장 차림의 무인 한 명이 인근 지붕 위에서 뛰어내렸다. 이층의 전각이었음에도 바닥에 착지할 때까지 먼지 하나 나지 않는다.

'금의!'

악영인이 눈살을 가볍게 찌푸리고 땅에 박혀 있던 삼지창을 뽑아 금의 무인에게 던졌다.

탁!

금의 무인이 삼지창을 받아 들고 묘한 표정을 지어 보였다.

"천하에 단지 두 개의 창법만 존재하나니! 하나는 산동의 악가신창이요! 다른 하나는……."

"산서 태원(太原)의 북패(北覇) 신창양가의 양가무쌍창이로다!"

금의 무인의 말을 받아 소리친 악영인이 그를 향해 슬며시 공수해 보였다.

"본인은 악가의 자제 무산이올시다!"

금의 무인이 수중의 삼지창을 들어 군례를 취해 보이고 답했다.

"본인은 양가의 자제 홍걸이오! 악가의 자제가 있는 줄 모르고 헛된 재주를 보였으니, 부끄럽기 한이 없소이다!"

"양가의 무쌍창을 평소 흠모했습니다."

"소관 역시 마찬가지로 악가의 신창술을 오랫동안 견식하고 싶어서 몸살이 날 정도였소이다. 하나, 하필 오늘 이 자리에서 악가의 자제와 조우하게 되다니, 참 하늘이 원망스럽구려."

'역시 양가의 일로 온 건 아니로구나!'

내심 눈을 빛낸 악영인이 조심스럽게 물었다.

"혹여 홍걸 형께서는 지금 공무를 행하고 계신 것인지요?"

"애석하게도 그렇소이다. 진무사께서 직접 명하신 일이라 소관으로선 어찌해 볼 도리가 없구려."

'진무사!'

내심 소리친 악영인의 안색이 심각해졌다.

눈앞의 양홍걸이 악가와 함께 중원 이대 창법 가문인 사패 중 북패 신창양가의 자제이기 이전에 금의위의 위사임이 확정되었기 때문이다.

얼마 전까지 산해관 밖에서 군역에 종사했던 악영인이다.

금의위의 위엄과 두려움을 모를 리 만무하다.

산동악가의 힘을 빌린다 해도 금의위의 행사에는 간여할 수 없는 게 현실이었다.

'그런데 금의위 위사가 어째서 형님을 노리는 거지? 설마 나 모르는 새에 고관대작, 아니… 황족이라도 건드셨던 건가?'

오싹하다.

등줄기에 소름이 돋는다.

천상천하유아독존(天上天下唯我獨尊)이나 다름없는 이현의

성질머리로 볼 때 아주 가능성이 없는 일은 아니다. 사실 그만한 일을 저지르지 않고서야 금의위 위사가 직접 이현을 노리고 보는 시선이 많은 성내에서 창을 던질 이유를 찾는 게 더 어려웠다.

'형님, 뭔 짓을 저지른 것이우!'

간절한 악영인의 눈빛을 이현은 '난 아무것도 몰라요!' 하는 표정으로 덤덤하게 받아들였다.

표정만 보자면 오히려 이 엄중한 사태에서 그만 동떨어진 것 같다.

그때 수중의 삼지창을 몇 차례 흔들어 보인 양홍걸이 이현을 향해 말했다.

"숭인학관의 이현 학사가 맞으시오!"

"맞소만?"

'그렇게 쉽게 대답하지 마시우!'

악영인이 내심 버럭 소리 질렀다.

이현이 금의위가 얼마나 무서운 기관인지 모를 거라는 생각이 들었기 때문이다.

그러자 양홍걸이 씨익 웃어 보이며 다시 군례를 취해 보였다.

"이거 실례했소이다. 진무사께서 이현 학사님을 뵙고 싶어 하시니, 소관을 따라오시지요!"

'뭐……?'

악영인이 황당한 표정이 되었다.

느닷없이 삼지창을 집어 던진 후 공무를 언급하던 양홍걸이 이현을 확인하자마자 갑자기 태도를 바꿨다. 이상하단 생각이 들지 않을 수 없다.

이현 역시 그렇게 생각했음인가?

"싫소."

'형님, 조금 더 생각하시우! 상대는 금의위라구요!'

악영인의 타들어 가는 내심을 아는지 모르는지 이현은 양홍걸에게 퉁명스럽게 첨언했다.

"가서 당신이 모시는 진무사에게 고하시오. 날 보고 싶다면 부르지 말고 자기가 직접 찾아오라고!"

"감히!"

양홍걸의 눈에서 차가운 안광이 일어났다. 그에게 있어 진무사 주목란은 살아 있는 신이나 다름없었다. 그녀를 위해선 언제든 죽을 준비가 되어 있을 정도였다.

그런데 아직 관직에 오르지도 않은 일개 초시 합격의 학사가 진무사를 오라 가라 하니, 피가 거꾸로 솟는 기분이었다.

'네놈이 얼마나 대단한 내력을 갖췄는지는 모르겠으나 그 뻣뻣한 대가리를 미리 꺾어놔야겠구나!'

내심 부르짖은 양홍걸이 다시 이현에게 권하지 않고 곧장 수중의 삼지창을 곧추세우고 달려들었다.

슈슈슈슈슈슉!

삼지창이 몸에 닿기도 전에 날카로운 창기가 수십 가닥으로 나뉘어 이현의 전신을 노린다.

각기 다른 방향으로 꺾여 파고드는 창기의 움직임은 감히 눈으로 쫓기도 힘들다. 그만큼의 다변(多變)을 품은 채 이현을 공격해 들어온 것이다.

'과연 양가무쌍창!'

악영인은 절로 어깨가 들썩이는 걸 느꼈다. 만약 그의 공격이 이현을 노린 게 아니었다면 바로 악가신창법으로 맞서갔을 터였다.

그만큼 양홍걸의 삼지창이 만들어낸 변화는 놀라웠다.

그러나 그의 상대는 이현이다.

순식간에 18번에 걸쳐서 자신을 찔러 들어온 양홍걸의 삼지창의 변화를 그냥 지켜보고만 있던 이현이 문득 잠영보를 이용해 한 걸음 내딛었다.

저벅!

그걸로 충분했다.

양홍걸의 양가무쌍창 1초 무쌍십팔풍은 어이없을 정도로 간단히 이현의 곁을 스쳐 지나갔다. 잔잔한 바람에 머리카락 몇 올이 휘날린 게 전부였다.

그러자 양홍걸이 창법에 변화를 줬다.

부웅! 붕!

순간적으로 다변의 무쌍십팔풍을 극강의 무쌍격파산으로 바꾼 양홍걸의 삼지창이 우레와 같은 소리를 내며 이현의 머리로 떨어져 내렸다.

"이것도 피해봐라!"

양홍걸의 부르짖음에 이현이 담담하게 답했다.

"그렇게 말하면 피하기 싫어지는데……."

턱!

정말로 이현은 다시 잠영보를 펼치는 대신 수장을 뻗어 양홍걸의 무쌍격파산을 붙잡았다.

벽운청강수?

거기에 천두대구식을 섞었다.

벽운청강수의 수강으로 무쌍격파산의 극강한 파괴력을 먼저 부수고, 곧바로 천두대구식의 교묘한 변화를 이용해 삼지창의 창날을 낚아챈 것이다.

그러자 양홍걸이 한차례 어깨를 떨더니 삼지창을 회전시켰다. 감히 자신의 삼지창 창날을 맨손으로 잡은 이현의 손을 그냥 날려 버리려는 생각이었다.

우웅!

그러나 이현의 손은 날아가지 않았다.

대신 양홍걸이 창에서 손을 놓으며 뒤로 주춤주춤 물러섰다.

"우웩!"

그의 입에서 핏덩이가 터져 나왔다. 방금 전 이현과 삼지창을 두고 펼친 일초식의 대결에서 내상을 입었다. 자신의 병기인 삼지창을 포기하고 물러설 정도로 중상을 당한 것이다.

이현의 의견은 달랐다.

'신창양가의 자제가 그렇게 한심할 리 없지!'

이현의 생각대로였다.

순간적으로 삼지창을 놓고 이현과의 거리를 벌린 양홍걸이 언제 피를 게워냈냐는 듯 냉정해진 표정으로 소리쳤다.

"궁수들!"

착! 착! 착! 착! 착!

양홍걸의 명령이 떨어지기 무섭게 사방의 건물 위에서 금의 차림의 궁수들이 수십 명이나 모습을 드러냈다. 일제히 독특한 형태의 각궁에 대나무 통아를 댄 작은 살을 잰 상태인데, 그 모양이 정말 기묘했다.

'편전(片箭)!'

악영인이 궁수들이 든 각궁에 재워진 편전을 보고 심각한 표정이 되었다.

관외의 전장에서 몇 번 경험한 직 있는 각궁과 편전의 위력은 무시무시했다.

저 작은 화살에 몇 명이나 되는 혈사대의 부장이 목숨을 잃어버렸을 정도였다.

그도 그럴 것이 본래 동방의 각궁은 오래전부터 유명했는데, 몽골 기병과의 전투 이후 개발된 편전은 살상력을 더욱 극대화시켰다.

대나무로 된 통아에 재어진 절반 크기의 화살!

저 별것 없어 보이는 편전의 빠르기는 섬전, 그 자체였다.

웬만한 무인은 백 보 안에서 목숨을 잃고, 오십 보 안에서는 일류 이상의 고수도 생명을 장담할 수 없었다.

'그런데 지금 저 궁수들과 우리의 거리는 고작 이삼십 보가량 정도일 뿐이다. 만약 저들이 한꺼번에 편전을 쏘아댄다면 제아무리 형님이 천의무봉(天衣無縫)의 무공을 지녔다 해도 생사를 장담할 수 없을 것이다. 게다가 더욱 중요한 건 저들이 금의위라는 거다. 이곳을 어찌어찌 벗어난다 한들 평생 그들의 추격을 당해야만 할 것이니……'

빠르게 염두를 굴린 악영인이 이현에게 고개를 가로저어 보였다.

더 이상 무리하게 금의위에 대적하지 말고 진무사를 보러 가자는 의중을 전달한 것이다.

그러나 자신을 겨누는 수십 개의 편전을 목전에 두고도 이